16	3	2	13
5	10	11	8
9	6	7	12
4	15	14	1

Coleção LESTE

Lev Tolstói

O CUPOM FALSO

Tradução, posfácio e notas
Priscila Marques

editora■34

EDITORA 34

Editora 34 Ltda.
Rua Hungria, 592 Jardim Europa CEP 01455-000
São Paulo - SP Brasil Tel/Fax (11) 3811-6777 www.editora34.com.br

Copyright © Editora 34 Ltda., 2023
Tradução © Priscila Marques, 2023

A FOTOCÓPIA DE QUALQUER FOLHA DESTE LIVRO É ILEGAL E CONFIGURA UMA APROPRIAÇÃO INDEVIDA DOS DIREITOS INTELECTUAIS E PATRIMONIAIS DO AUTOR.

Imagem da capa:
Edvard Munch, Angst, *1896, litografia s/ papel, 46 x 38 cm (detalhe)*

Capa, projeto gráfico e editoração eletrônica:
Franciosi & Malta Produção Gráfica

Revisão:
Alberto Martins
Danilo Hora
Beatriz de Freitas Moreira

1ª Edição - 2023 (1ª Reimpressão - 2024)

CIP - Brasil. Catalogação-na-Fonte
(Sindicato Nacional dos Editores de Livros, RJ, Brasil)

Tolstói, Lev, 1828-1910

T598c   O cupom falso / Lev Tolstói; tradução, posfácio e notas de Priscila Marques — São Paulo: Editora 34, 2023 (1ª Edição).
96 p.   (Coleção Leste)

ISBN 978-65-5525-143-2

Tradução de: Falshivyi kupon

1. Literatura russa. I. Marques, Priscila.
II. Título. III. Série.

CDD - 891.73

O CUPOM FALSO

O cupom falso
Primeira parte 7
Segunda parte 55

Posfácio, *Priscila Marques* 87

Sobre o autor 94
Sobre a tradutora 95

A presente tradução se baseou na edição das *Obras reunidas* de L. N. Tolstói publicada em 1958-1959 pela Goslitizdát (Editora Estatal de Literatura) de Moscou.

PRIMEIRA PARTE

I

Fiódor Mikháilovitch Smokóvnikov, presidente da Câmara do Tesouro, homem de honestidade incorruptível, e que disso se orgulhava, um liberal melancólico, não apenas livre-pensador, mas alguém que odiava qualquer manifestação de religiosidade, coisa que considerava um resquício de supersticiosidade, retornou da Câmara em péssima disposição de espírito. O governador havia lhe escrito um ofício tolíssimo, segundo o qual era possível supor que Fiódor Mikháilovitch tinha agido de forma desonesta. Fiódor Mikháilovitch exasperou-se em demasia e imediatamente redigiu uma resposta brusca e mordaz.

Em casa, Fiódor Mikháilovitch tinha a impressão de que tudo era feito para contrariá-lo.

Faltavam cinco minutos para as cinco horas. Ele pensou que estava na hora de servirem o almoço, mas este ainda não estava pronto. Fiódor Mikháilovitch bateu a porta e foi para o seu quarto. Alguém chamou à porta: "Quem diabos está aí?", pensou, e gritou:

— Quem é?

Adentrou o quarto um garoto de quinze anos, estudante do quinto ano do colégio, filho de Fiódor Mikháilovitch.

— O que quer?

— Hoje é dia primeiro.

— E o que tem? É dinheiro?

Fora estabelecido que todo dia primeiro o pai daria ao filho uma mesada de três rublos para sua diversão. Fiódor Mikháilovitch franziu o cenho, pegou a carteira, procurou e retirou um cupom[1] de dois rublos e meio, tirou ainda o porta-moedas e contou cinquenta copeques. O filho, em silêncio, não pegou.

— Papai, por favor, dê um adiantamento.

— O quê?

— Não queria pedir, mas é que peguei emprestado e dei minha palavra de honra de que pagaria. Eu, como homem honesto, não posso... preciso de mais três rublos, não vou pedir... Não é que não vá pedir, mas é que... por favor, papai.

— Já te disse...

— Sim, papai, mas só desta vez...

— Você recebe uma mesada de três rublos e ainda acha pouco. Na sua idade eu não recebia nem cinquenta copeques.

— Todos os meus colegas já recebem mais. Petrov e Ivanítski recebem cinquenta rublos.

— Já eu lhe digo que se você se comportar assim, vai virar um vigarista. Já disse.

— Sim, já disse. O senhor não compreende minha situação, passarei por canalha. E para o senhor, está bem.

— Vá embora, seu malandro. Fora.

Fiódor Mikhálovitch deu um salto e avançou em direção ao filho.

— Fora. Está precisando levar uma sova.

O filho ficou assustado e exasperado, mais exasperado do que assustado, e, abaixando a cabeça e apertando o pas-

---

[1] A partir de 1863, o Tesouro Imperial da Rússia passou a emitir "cupons", papéis com valor monetário que poderiam ser resgatados a juros. As falsificações de cupons, em especial daqueles com valor de 1,5 rublo, tornaram-se frequentes nesse período. (N. da T.)

so, aproximou-se da porta. Fiódor Mikháilovitch não pretendia bater nele, mas ficou satisfeito com a própria ira e gritou injúrias por longo tempo, acompanhando o filho.

Quando a criada chegou e disse que o almoço estava pronto, Fiódor Mikháilovitch se levantou.

— Finalmente — disse. — Já estava perdendo a fome.

Com o cenho franzido, foi almoçar.

À mesa, a esposa tentou conversar, mas ele resmungou uma resposta curta, e tão bravo, que ela se calou. O filho também nem sequer tirou os olhos do prato, e ficou calado. Em silêncio comeram, em silêncio se levantaram, e cada um foi para um lado.

Depois do almoço, o estudante voltou ao seu quarto, tirou o cupom e os trocados do bolso e jogou-os na mesa; depois tirou o uniforme e vestiu um casaco. O estudante primeiro agarrou uma gasta gramática de latim, depois passou o trinco na porta, varreu com a mão o dinheiro da mesa para dentro da gaveta, em uma caixinha pegou papel de cigarro e preencheu-o, estufou-o com algodão e pôs-se a fumar.

Sentou-se por umas duas horas olhando a gramática e os cadernos sem nada entender, depois se levantou e, batendo os calcanhares, começou a andar pelo quarto, lembrando-se de tudo o que se passara com o pai. Todos os xingamentos do pai, e em particular seu rosto zangado, voltaram-lhe à memória como se estivesse vendo-o e ouvindo-o naquele minuto. "Malandro. Precisa levar uma sova." E quanto mais se lembrava, mais tinha raiva do pai. Lembrou-se de como o pai lhe disse: "'Vejo que vai virar um vigarista. Fique sabendo. Desse jeito vai acabar virando um vigarista'. Para ele está bem. Esqueceu-se de que já foi jovem. Aliás, qual foi o meu crime? Apenas fui ao teatro, não tinha dinheiro, peguei com Pétia Gruchétski. O que há de mau nisso? Outra pessoa sentiria pena, questionaria, mas este apenas prageja e só pensa em si mesmo. Quando lhe falta alguma coisa, solta gritos pela casa toda, e o vigarista sou eu. Não, pode até ser meu pai, mas não o amo. Não sei se todos são assim, mas eu não o amo."

A criada bateu à porta. Trazia um bilhete.

— Pedem para responder imediatamente.

No bilhete estava escrito:

"Já é a terceira vez que lhe peço para devolver os seis rublos que emprestei, mas você se esquiva. Isso não é coisa de gente honesta. Peço que envie imediatamente a quantia pelo mensageiro. Eu mesmo estou extremamente necessitado. Será possível que não consegue o dinheiro?

Com desprezo ou respeito, a depender da devolução ou não,

Gruchétski"

"Veja só. Que porco ele é! Não pode nem esperar um pouco. Tentarei novamente."

Mítia procurou a mãe. Era sua última esperança. A mãe era boa e não sabia dizer não; talvez até o ajudasse, mas agora ela estava preocupada com a doença do mais novo, Pétia, de dois anos. Ficou brava por Mítia chegar fazendo barulho e imediatamente negou-lhe o pedido.

Ele resmungou alguma coisa para si e saiu. Ela teve dó do filho e o fez voltar:

— Espere, Mítia — disse ela. — Agora não tenho, mas amanhã vou conseguir.

Mítia, contudo, continuava fervendo de raiva do pai.

— De que me serve amanhã? Preciso hoje! Fique sabendo que vou procurar um amigo.

Ele saiu batendo a porta.

"Não há mais o que fazer, ele vai me dizer onde posso empenhar meu relógio" — pensou, sentindo o relógio no bolso.

Mítia pegou o cupom e os trocados da mesa, vestiu um sobretudo e foi à casa de Mákhin.

II

Mákhin era estudante colegial e usava bigode. Jogava cartas, conhecia as mulheres e sempre tinha dinheiro. Morava com a tia. Mítia sabia que Mákhin não era um bom rapaz, mas, quando estavam juntos, submetia-se a ele contra a própria vontade. Mákhin estava em casa, preparando-se para ir ao teatro: o quartinho imundo cheirava a água-de-colônia e sabonete perfumado.

— Essa é a última coisa, irmão — disse Mákhin quando Mítia contou-lhe sua desgraça, mostrou o cupom e os cinquenta copeques e disse que precisava de nove rublos. — Dá para empenhar o relógio, mas dá para fazer algo ainda melhor — disse Mákhin, piscando um olho.

— Melhor como?

— Muito simples. — Mákhin pegou o cupom. — Ponha o número um antes de dois rublos e cinquenta, assim terá doze rublos e cinquenta.

— Mas será que existem cupons desse valor?

— Mas ora, existem bilhetes até de mil rublos. Eu mesmo troquei um desses.

— Não é possível!

— E então, vamos? — disse Mákhin, tomando a pena e alisando o cupom com um dedo da mão esquerda.

— Mas isso não é certo.

— Ora, que besteira!

"Está certo" — pensou Mítia, e lembrou-se novamente do xingamento do pai: "Vigarista... Pois serei um vigarista". Ele olhou no rosto de Mákhin. Este olhou para ele, sorrindo com tranquilidade.

— Pois então, vamos?

— Vamos.

Mákhin cuidadosamente acrescentou o número um.

— Agora vamos a uma loja. Veja ali na esquina: acessórios fotográficos. Estou mesmo precisando de uma moldura para esta figura aqui.

Ele pegou a fotografia de uma moça de olhos grandes com cabelos enormes e busto esplêndido.

— Uma gracinha, não é?

— Sim, sim. Mas como?...

— Muito simples. Vamos.

Mákhin terminou de se vestir e os dois saíram.

III

A campainha soou na porta de entrada da loja de acessórios fotográficos. Os colegiais entraram, olhando a loja vazia e suas prateleiras organizadas, as peças e os mostruários nos balcões. Da porta dos fundos veio uma mulher feia de rosto bondoso, que, apoiando-se no balcão, perguntou o que queriam.

— Uma moldura boazinha, madame.

— De qual preço? — perguntou a senhora, selecionando molduras de estilos variados, movendo rápida e habilmente as mãos enluvadas de dedos inchados. — Estas custam cinquenta copeques, estas são mais caras. Já esta, bastante graciosa e de estilo novo, custa um rublo e vinte.

— Fico com esta. Não pode dar um desconto? Aceite por um rublo.

— Aqui não regateamos — disse a dama com dignidade.

— Que seja, então — disse Mákhin, pondo o cupom sobre o mostruário.

— Dê-nos a moldura e o troco, depressa. Não podemos nos atrasar para o teatro.

— Ainda há tempo — disse a dama, e passou a examinar o cupom bem de perto.

— Vai ficar uma graça nessa moldurazinha, não é? — disse Mákhin dirigindo-se a Mítia.

— Os senhores não têm dinheiro? — disse a vendedora.

— Infelizmente, não. Meu pai me deu para trocar.

— Nem mesmo um rublo e vinte?

— Tenho cinquenta copeques. Por acaso a senhora está com medo de que a enganemos com dinheiro falso?

— Nada disso.

— Devolva, então. Vamos trocar.

— Quanto devo lhes devolver?

— Seriam onze e uns quebrados.

A vendedora balbuciou as contas, abriu a escrivaninha, pegou dez rublos em notas de papel e, remexendo nos trocados, pegou ainda seis moedas de vinte e duas de cinco copeques.

— Poderia embrulhar? — disse Mákhin, pegando o dinheiro sem pressa.

— Claro.

A vendedora fez o embrulho e amarrou-o com um barbante. Mítia só respirou aliviado quando a campainha da porta de entrada ressoou atrás deles, e os dois saíram para a rua.

— Ficam dez rublos para você e o restante para mim. Eu lhe pagarei.

Mákhin seguiu para o teatro, enquanto Mítia foi à casa de Gruchétski para acertar as contas.

IV

Uma hora depois que os colegiais partiram, o dono da loja chegou em casa e começou a calcular o saldo das vendas.

— Ah, sua tola desastrada! Como é tola — pôs-se a gritar com a esposa, vendo o cupom e reconhecendo de imediato a falsificação. — Como foi aceitar esse cupom?

— Mas você mesmo, Jênia,[2] já aceitou na minha frente justamente um cupom de doze rublos — disse a esposa, confusa, amargurada e prestes a chorar. — Nem eu sei como conseguiram me tapear — disse ela —, esses colegiais. Um jovem bonito, parecia tão *comme il faut*.[3]

— Você que é uma tola *comme il faut* — continuou a esbravejar o marido, enquanto fechava o caixa. — Quando eu aceito um cupom, sei que preciso olhar o que está escrito. Já você, parece que só olhou o focinho dos estudantes, mesmo sendo uma velha.

Isso a esposa não tolerou, e agora ela ficou injuriada.

— Mas é um homem mesmo! Sabe julgar os outros, mas quando perde cinquenta e quatro rublos nas cartas, não é nada.

— Eu já são outros quinhentos.

— Não quero mais falar com você — disse a esposa, e foi para seu quarto. Lembrou-se de como sua família não queria dar-lhe em casamento por considerar a posição do marido muito inferior, e de como ela insistiu na união; lembrou-se do filho morto, da indiferença do marido em relação a essa perda e do ódio que passou a alimentar por ele, a tal ponto que achava que seria bom se ele morresse. Ao pensar nessas coisas, contudo, ela se assustou com os próprios sentimentos e começou logo a se trocar para sair. Quando o marido voltou ao apartamento, a esposa já não estava lá. Sem esperar por ele, ela havia se arrumado e ido sozinha à casa de um professor de francês conhecido seu, que os convidara para uma reunião de amigos.

---

[2] Apelido de Ievguêni. (N. da T.)

[3] Em francês no original: "Como deve ser". (N. da T.)

V

O professor de francês, um polaco-russo, havia organizado um pomposo chá com biscoitos doces; depois os convidados se sentaram para algumas partidas de *vint*.[4]

A esposa do vendedor de acessórios de fotografia sentou-se com o anfitrião, um oficial e uma dama idosa e surda que usava peruca — era viúva do proprietário de uma loja de música e grande apreciadora e mestre do carteado. As melhores cartas foram para a esposa do vendedor de acessórios de fotografia. Ela bateu duas vezes. Ao seu lado havia um pratinho com uvas e peras, e sua alma estava cheia de alegria.

— Como é, Ievguêni Mikháilovitch não vem? — perguntou da outra mesa a esposa do anfitrião. — Nós o colocamos como quinto.

— Deve estar ocupado com as contas — disse a esposa de Ievguêni Mikháilovitch. — Está pagando as provisões, a lenha.

Lembrando-se da cena com o marido, franziu o cenho e suas mãos tremeram de raiva dentro das luvas.

— Falando nele... — disse o anfitrião dirigindo-se a Ievguêni Mikháilovitch, que acabara de entrar. — Então, atrasou-se?

— Sim, muitas coisas — respondeu Ievguêni Mikháilovitch com voz alegre, esfregando as mãos. E, para surpresa da esposa, aproximou-se dela e disse:

— Sabe, me desfiz do tal cupom.

— Mesmo?

— Sim, dei ao mujique em troca de lenha.

---

[4] Jogo de cartas que envolve quatro jogadores, uma mistura de *whist* e *préférence*. (N. da T.)

O cupom falso

E Ievguêni Mikháilovitch contou a todos, com grande indignação — a esposa acrescentava detalhes ao relato — que uns estudantes desonestos tinham tapeado sua esposa.

— Agora, ao trabalho! — disse, tomando seu lugar à mesa quando chegou a sua vez, e pôs-se a embaralhar as cartas.

VI

Com efeito, Ievguêni Mikháilovitch se livrou do cupom comprando lenha do camponês Ivan Mirónov.

Ivan Mirónov comerciava um *sájen*[5] de lenha que comprava nos depósitos, transportando-a pela cidade e fazendo de tal forma que daquele *sájen* saíam cinco conjuntos de quatro unidades, que ele vendia pelo mesmo preço que custava um quarto no depósito de madeira. Naquele dia infeliz para Ivan Mirónov, ele carregara um oitavo de lenha ainda cedo e, tendo logo o vendido, colocou mais um oitavo, que tinha esperança de vender, e rodou até tarde em busca de comprador, mas não conseguiu ninguém. Havia topado com citadinos experientes, que conheciam o truque costumeiro dos mujiques que vendiam lenha e não acreditavam que ele a havia trazido, como assegurava, do campo. E ele tinha fome e passava frio com seu gasto casaco curto e seu jaleco roto; à noite, o frio chegou a menos vinte graus; o cavalinho, de quem ele não se apiedava, pois pretendia vendê-lo ao peleiro, não saía do lugar. Assim, Ivan Mirónov estava até disposto a ter prejuízo na venda da lenha quando encontrou Ievguêni Mikháilovitch, que voltava para casa depois de ter comprado seu tabaco.

— Pegue, senhor, estou vendendo mais barato. O cavalinho não sai do lugar.

---

[5] Antiga unidade de medida equivalente a 2,1 metros. (N. da T.)

— Você é de onde?
— Somos do campo. Nossa lenha é boa e seca.
— Conheço seu tipo. Bem, quanto quer?

Ivan Mirónov deu um preço alto, diminuiu, e, por fim, vendeu pelo preço de custo.

— Só para o senhor, já que mora perto — disse ele.

Ievguêni Mikháilovitch não regateou muito, alegrando-se com a ideia de se desfazer do cupom. Ajustando de alguma forma as cordas ele mesmo, Ivan Mirónov transportou a lenha até o pátio e descarregou-a no galpão. O zelador não estava. A princípio, Ivan Mirónov hesitou em pegar o cupom, mas Ievguêni Mikháilovitch o persuadiu, parecia ser um senhor importante, e ele acabou concordando.

Entrando na despensa pelos fundos, Ivan Mirónov fez o sinal da cruz, secou o gelo da barba e, levantando metade de seu caftan, sacou uma carteira de couro e dela tirou oito rublos e cinquenta copeques, que entregou de troco; já o cupom, ele o dobrou e guardou na carteira.

Depois de agradecer ao senhor como de praxe, Ivan Mirónov açoitou, não com o chicote, mas com o cabo, as patas, que a muito custo se moviam, do pangaré enregelado e condenado à morte; livre de sua carga, despachou-se para a taverna.

Na taverna, Ivan Mirónov pediu oito copeques de chá e vinho, e, tendo se aquecido e até transpirado, conversou com excelente disposição de espírito com um zelador, que estava sentado à mesa com ele. Ivan desatou a falar e contou-lhe sobre sua situação. Disse que era do vilarejo de Vassíliev, que fica a doze verstas[6] da cidade, que lá deixara o pai e os irmãos, e agora vivia com a esposa e dois filhos, sendo que o mais velho só frequentava a escola e ainda não ajudava em nada. Contou que estava numa pousada e no dia seguinte iria

[6] Antiga unidade de medida equivalente a 1,06 quilômetro. (N. da T.)

vender seu pangaré na feira, e até, quem sabe, tentaria comprar um cavalo. Contou que faltava um rublo para juntar vinte e cinco, metade disso em cupons. Ele pegou o cupom e mostrou para o zelador. Este era analfabeto, mas disse que já tinha trocado esse tipo de dinheiro para os moradores e que era dinheiro bom, só que havia cupons falsificados, e por isso o aconselhou, por segurança, a trocá-lo ali mesmo no balcão. Ivan Mirónov entregou o cupom para o funcionário da taverna e pediu o troco, mas, em vez do troco, o funcionário trouxe o balconista careca e de face lustrosa com o cupom em sua mão rechonchuda.

— Esse dinheiro não serve — disse ele, mostrando o cupom, mas sem entregá-lo.

— É dinheiro bom, recebi de um senhor.

— Não tem nada de bom, é fraudado.

— Se é fraudado, então me devolva.

— Nada disso, irmão, precisa aprender a lição. Você deve ter falsificado junto com outros vigaristas.

— Dê o dinheiro, você não tem direito de fazer isso!

— Sídor! Chame a polícia — disse o balconista para o funcionário.

Ivan Mirónov estava embriagado. Quando estava nessa condição, ficava irrequieto. Agarrou o funcionário pelo colarinho e começou a gritar:

— Devolva, vou resolver isso com o tal senhor. Sei onde ele está. — O funcionário se desvencilhou de Ivan Mirónov, mas sua camisa acabou rasgando.

— Ora, você! Segurem-no!

O funcionário agarrou Ivan Mirónov e então apareceu um policial. Depois de ouvir o relato como se fosse um chefe de polícia, ele imediatamente resolveu a questão:

— Para a delegacia.

O policial guardou o cupom em sua carteira e levou Ivan Mirónov, com cavalo e tudo, para a delegacia.

VII

Ivan Mirónov passou a noite na delegacia junto a bêbados e ladrões. Já perto do meio-dia foi chamado pelo comissário rural. O comissário interrogou-o e o enviou com um policial para a loja de acessórios de fotografia. Ivan Mirónov havia memorizado a rua e o prédio.

O policial chamou o senhor e mostrou-lhe o cupom, Ivan Mirónov confirmou que era aquele mesmo senhor que lhe havia dado o cupom; Ievguêni Mikháilovitch mostrou surpresa e logo em seguida ficou sério.

— Você só pode ter enlouquecido. Nunca o vi na vida.

— Senhor, é pecado, nós todos vamos morrer um dia — disse Ivan Mirónov.

— O que se passa com ele? Deve estar sonhando. Vendeu a outra pessoa — disse Ievguêni Mikháilovitch. — Aliás, espere, vou perguntar à minha esposa se ela comprou lenha ontem.

Ievguêni Mikháilovitch saiu e chamou o zelador, Vassili, um tipo bonito, extraordinariamente forte e ágil, alegre e baixo, e disse-lhe que se alguém perguntasse de onde viera a lenha, ele deveria dizer que era do depósito, e que não compravam lenha dos mujiques.

— O mujique ali está dizendo que eu lhe dei um cupom falso. É um atrapalhado, só Deus sabe o que está dizendo, mas você é um homem entendido. Então diga-lhes que só compramos lenha no depósito. Já faz tempo que eu queria lhe dar algum para um casaco novo — acrescentou Ievguêni Mikháilovitch, e deu cinco rublos ao zelador.

Vassili pegou o dinheiro, seus olhos faiscaram ao ver a nota de papel e depois, novamente, ao ver o rosto de Ievguêni Mikháilovitch; ele balançou a cabeça e deu um sorrisinho.

— Sei que o povo é simplório. Não tem instrução. Não se preocupe. Já sei o que dizer.

Não importa o quanto Ivan Mirónov implorasse, às lágrimas, para que Ievguêni Mikháilovitch reconhecesse o cupom e o zelador confirmasse suas palavras, ambos se mantiveram firmes: nunca compraram lenha de nenhum carroceiro. O policial levou Ivan Mirónov de volta à delegacia, acusado de falsificar o cupom.

Seguindo o conselho de um escrivão bêbado que estava na mesma cela, Ivan Mirónov deu cinco rublos ao comissário rural e safou-se do guarda, deixando o cupom e levando apenas sete rublos, em vez dos vinte e cinco que tinha no dia anterior. Ivan Mirónov tomou três e, com a cara arrebentada, caindo de tanto beber, foi ter com a esposa.

A esposa estava doente e no final da gravidez. Começou a brigar com o marido, que a repeliu, e passou a espancá-lo. Sem responder, ele se deitou de bruços na tarimba e caiu em prantos.

Apenas na manhã seguinte a esposa compreendeu o que havia acontecido e, acreditando no marido, amaldiçoou longamente aquele senhor larápio que havia enganado seu Ivan. Sóbrio, Ivan se lembrou do conselho do artesão com quem bebera na noite anterior e decidiu ir a um advogado prestar queixa.

VIII

O advogado assumiu o caso não tanto pelo dinheiro que poderia vir a receber, mas porque acreditou em Ivan e indignou-se com o fato de terem enganado um mujique de forma tão desonesta.

As duas partes apareceram diante do juiz, e o zelador Vassili foi como testemunha. No tribunal repetiram a mesma coisa. Ivan Mirónov mencionou Deus e o fato de que todos vamos morrer um dia. Ievguêni Mikháilovitch, embora se atormentasse com a consciência daquela sujeirada e do risco daquilo que estava fazendo, agora não podia mudar seu depoimento e continuou negando tudo com um semblante calmo.

O zelador Vassili recebeu mais dez rublos e, abrindo um sorriso, confirmou tranquilamente que nunca tinha visto Ivan Mirónov. Quando foi levado a fazer o juramento, ainda que por dentro estivesse temeroso, externamente repetiu com tranquilidade as palavras ditas por um velho padre, jurou pela cruz e pelo santo Evangelho Sagrado que diria apenas a verdade.

A questão terminou com o indeferimento da queixa de Ivan Mirónov pelo juiz, que condenou-o a pagar cinco rublos pelas despesas judiciais, valor generosamente perdoado por Ievguêni Mikháilovitch. Depois de liberar Ivan Mirónov, o juiz passou-lhe um sermão para que dali em diante fosse mais cauteloso ao acusar figuras respeitáveis, que ficasse grato por terem lhe perdoado o pagamento das custas judiciais e por não terem-no processado por calúnia, o que o colocaria na prisão por pelo menos três meses.

— Agradeço humildemente — disse Ivan Mirónov balançando a cabeça e, suspirando, deixou o recinto.

Tudo parecia ter terminado bem para Ievguêni Mikháilovitch e para o zelador Vassili. Só parecia. Aconteceu uma coisa que ninguém viu, mas que foi mais importante do que aquilo que foi visto. Já fazia três anos que Vassili deixara o campo e vivia na cidade. A cada ano ele enviava cada vez menos dinheiro ao pai, e não trouxera a esposa consigo, já que não precisava dela. Ali na cidade ele podia ter quantas esposas quisesse, e nenhuma era complicada como a sua. A cada ano, Vassili assimilava as maneiras da cidade e se esquecia mais e mais da lei do campo. Lá tudo era cinza, pobre, tosco e desleixado; aqui tudo era bom, limpo, sutil e rico, em tudo havia ordem. Ele se tornou cada vez mais convicto de que o povo do campo vivia sem consciência, como bichos do mato, já aqui havia pessoas de verdade. Lia livrinhos de bons escritores, romances, assistia a apresentações na Casa do Povo.[7] Coisa que não se vê no campo, nem mesmo em sonho. No campo os velhos dizem: viva sob a lei com sua esposa, trabalhe, não coma em excesso, não ostente, ao passo que aqui as pessoas são inteligentes, estudadas, quer dizer, conhecem as leis de verdade, vivem pelo prazer. E tudo vai bem. Até o caso com o cupom, Vassili ainda não acreditava que os senhores não tivessem uma lei que lhes dissesse como viver. Parecia apenas que ele não conhecia a lei deles, mas que ela existia. Contudo, depois da história do cupom e, principalmente, de seu juramento falso, do qual, a despeito de seu receio, nada de mau decorreu, pelo contrário, rendendo-lhe dez rublos, ele ficou totalmente convencido de que não havia leis e de que era preciso viver para o prazer. Assim ele vivia, assim continuou a viver. A princípio, aproveitava-se apenas das compras dos moradores, mas isso era pouco para suas despesas, então passou a surrupiar, sempre que podia, dinheiro e objetos de valor dos apartamentos e da carteira de Ievguêni Mikháilovitch. Este pegou-o em flagrante, mas não o levou para o juiz, apenas o demitiu.

Para sua terra Vassili não queria voltar, então continuou em Moscou com sua amante, procurando emprego. Conseguiu um que pagava pouco, como porteiro numa lojinha. Vassili começou a trabalhar, mas no mês seguinte foi pego furtando sacolas. O proprietário não prestou queixa, mas deu uma surra em Vassili e o expulsou. Depois desse caso, não conseguiu encontrar emprego, gastou todo o dinheiro, depois a roupa começou a se gastar, acabou que lhe sobrou apenas um paletó rasgado, um par de calças e uns sapatos velhos.

---

[7] Instituições culturais criadas nos anos 1880, mantidas inicialmente por cooperativas e grupos de combate ao alcoolismo e depois pelo governo. Ali eram oferecidos cursos de música, pintura e alfabetização para crianças e adultos, além de concertos e exposições. Após a Revolução de Outubro, foram convertidas em clubes de trabalhadores. (N. da T.)

Mas Vassili não perdeu sua disposição alegre e viva; quando chegou a primavera, seguiu a pé para casa.

IX

Piotr Nikoláievitch Sventítski, homem pequeno e atarracado que usava óculos escuros (seus olhos doíam, havia um risco de que ficasse totalmente cego), levantou-se como de costume antes do amanhecer e, depois de beber uma xícara de chá, vestiu sua peliça fechada e curta de pele de cordeiro e foi cuidar dos negócios.

Piotr Nikoláievitch tinha sido funcionário da alfândega, onde acumulara dezoito mil rublos. Vinte anos antes havia tirado licença, não inteiramente por vontade própria, e comprado uma pequena propriedade rural de um senhor de terras jovem e falido. Já antes disso Piotr Nikoláitch era casado. A esposa era uma pobre órfã de uma antiga família da nobreza, mulher corpulenta, gorda e bonita, que não lhe deu filhos. Em tudo a que se dedicava, Piotr Nikoláitch era um sujeito sério e persistente. Mesmo sem nada saber sobre agricultura (era filho de um *szlachta*[8] polonês), cuidava tão bem da propriedade que, em dez anos, aquela terra devastada de trezentas *dessiatinas*[9] tornou-se exemplar. Todas as suas construções, da casa ao celeiro e ao alpendre que protegia a bomba de combate ao incêndio, eram firmes e sólidas, com telhados de ferro e pintados no tempo devido. No barracão das ferramentas havia muitas telegas, arados e rastelos. O arreio estava lubrificado. Os cavalos não eram grandes, e praticamente todos eram de criação local: baios,

---

[8] A classe dos nobres na Polônia e no Grão-Ducado da Lituânia. (N. da T.)

[9] Antiga unidade de medida equivalente a 1,09 hectare. (N. da T.)

bem alimentados, fortes, de primeira categoria. A debulhadora trabalhava em uma eira coberta, a forragem era retirada com um arado especial, o estrume líquido escorria numa fossa pavimentada. As vacas também eram de criação própria, não graúdas, mas leiteiras. Os porcos eram ingleses. Havia um aviário e uma linhagem especialmente produtiva de galinhas. O pomar era irrigado e semeado. Tudo bem administrado, sólido, limpo e próspero. Piotr Nikoláitch se alegrava com sua propriedade e se orgulhava de ter conquistado tudo aquilo sem subjugar os camponeses, mas, ao contrário, sendo rigorosamente justo com eles. Mesmo entre os nobres era moderado, tinha uma perspectiva mais liberal do que conservadora e sempre defendeu o povo diante dos adeptos da servidão. Seja bom com eles, e eles também serão bons. É verdade que não deixava passar erros e lapsos dos trabalhadores, às vezes ficava no pé deles e exigia que trabalhassem, mas, por outro lado, a acomodação e as provisões eram das melhores, ele nunca atrasava o salário e servia-lhes vodca nos feriados.

Pisando com cuidado na neve derretida — isso foi em fevereiro —, Piotr Nikoláitch passou próximo da estrebaria a caminho da isbá onde os trabalhadores moravam. Ainda estava escuro, e mais ainda por causa da neblina, mas pela janela da isbá dos trabalhadores via-se luz. Já estavam acordados. Sua intenção era apressá-los, tinham que ir em carroças de seis cavalos buscar as últimas lenhas do bosque.

"O que é isto?", ele pensou, ao ver a porta da estrebaria aberta.

— Ei, quem está aí?

Ninguém respondeu. Piotr Nikoláitch entrou na estrebaria.

— Ei, quem está aí?

Ninguém respondeu. Estava escuro, o solo fofo cheirava a esterco. À esquerda da porta havia um cercado com dois jovens cavalos baios. Piotr Nikoláitch esticou o braço; estava vazio. Tateou com o pé. Não estariam deitados? O pé não tocou nada. "Onde eles foram parar?", pensou. "Atrelar eles não atrelaram, o trenó ainda está lá fora." Piotr Nikoláitch saiu e chamou bem alto:

— Ei, Stepan!

Stepan era o encarregado. Havia acabado de sair da isbá dos trabalhadores.

— Aô! — Stepan respondeu alegre. — É o senhor, Piotr Nikoláitch? Os rapazes já vão.

— Por que a estrebaria está aberta?

— A estrebaria? Não faço ideia. Ei, Próchka, traga o lampião.

Próchka correu com o lampião. Haviam entrado na estrebaria. Stepan logo compreendeu.

— Ladrões, Piotr Nikoláitch. Quebraram o cadeado.

— Está mentindo!...

— Os ladrões levaram. Mariazinha sumiu, Falcão também. Não, Falcão está aqui. Malhado sumiu. Belinha também.

Faltavam três cavalos. Piotr Nikoláitch nada disse.

Franziu o cenho e respirava pesadamente.

— Me escaparam. Quem estava de guarda?

— Piétka. Deve ter caído no sono.

Piotr Nikoláitch deu parte na polícia, para o comissário rural, para o chefe do *zemstvo*;[10] mandou sua gente por toda parte. Nada de encontrarem os cavalos.

— Gente sórdida! — disse Piotr Nikoláitch. — Como puderam fazer isso? Como se eu não fosse bom para eles! Eles que esperem! Bandidos, todos bandidos. Agora as coisas vão mudar.

---

[10] No Império Russo, a menor divisão administrativa das regiões rurais, cujo chefe possuía poderes judiciais limitados. (N. da T.)

X

Quanto aos cavalos, os três baios, já estavam cada um em seu lugar. Uma, a Mariazinha, fora vendida a um cigano por dezoito rublos; outro, o Malhado, fora negociado com um mujique que vivia a quarenta verstas; Belinha esgotara-se e fora sacrificada, sua pele foi vendida a três rublos. Tudo feito a mando de Ivan Mirónov. Ele havia trabalhado para Piotr Nikoláitch e, sabendo de seus costumes, resolveu recuperar seu dinheirinho. Assim, organizou toda a operação.

Após o infortúnio com o cupom falso, Ivan Mirónov começou a beber e teria gasto tudo na bebida se a esposa não escondesse dele os cabrestos, as roupas e tudo o que pudesse ser vendido. Na hora da bebedeira Ivan Mirónov não conseguia parar de pensar não apenas em seu ofensor, mas em todos os senhores e senhoras que vivem de extorquir nossos irmãos. Certa vez, Ivan Mirónov bebeu com mujiques de Podolsk. No caminho, os mujiques bêbados contaram-lhe que tinham roubado os cavalos de outro mujique. Ivan Mirónov começou a xingar os ladrões de cavalo por terem enganado outro mujique. "Que pecado! O cavalo é como um irmão para o mujique e vocês tiram-lhe o ganha-pão. Se for para roubar que seja dos senhores. Esses cachorros bem que merecem", disse. A conversa seguiu adiante, os mujiques de Podolsk disseram que roubar cavalos dos senhores era mais complicado. Era preciso conhecer bem os meandros e era impossível sem uma pessoa de dentro. Então Ivan Mirónov se lembrou de Sventítski, para quem havia trabalhado; lembrou-se de quando lhe descontara um rublo e meio por uma peça quebrada, lembrou-se também dos cavalos baios com os quais trabalhava.

Ivan Mirónov foi a Sventítski como se estivesse procurando trabalho, mas, de fato, foi examinar e saber como funcionavam as coisas. Depois de descobrir tudo, que não havia guardas, que os cavalos ficavam nas baias da estrebaria, trouxe os ladrões e fez a coisa toda.

Depois de dividir os ganhos com os mujiques de Podolsk, Ivan Mirónov voltou para casa com cinco rublos. Em casa não tinha o que fazer: não havia cavalos. Então começou a haver-se com ladrões de cavalos e ciganos.

XI

Piotr Nikoláitch Sventítski tentou com todas as forças encontrar o ladrão. Sem a ajuda de alguém de dentro a coisa não poderia ter sido feita. Assim, passou a desconfiar dos seus e, depois de perguntar aos funcionários quem deles não havia dormido em casa naquela noite, soube que havia sido Próchka Nikoláiev, um jovem rapaz, soldado recém-egresso do serviço militar, um belo e astuto rapaz que Piotr Nikoláitch contratara como cocheiro para suas viagens. O comissário rural era amigo de Piotr Nikoláitch, que também conhecia o chefe da polícia distrital, o dirigente da nobreza, o chefe do *zemstvo* e o investigador. Todas essas figuras vinham à sua casa no dia do seu santo e conheciam o seu saboroso licor de frutas e os seus cogumelos salgados — brancos, cogumelos-do-mel, rússulas. Todos se compadeceram e tentaram ajudá-lo.

— E o senhor ainda defende os mujiques! — disse o comissário rural. — Eu disse a verdade: são piores que os animais. Sem pau e chicote não se faz nada com eles. Então está dizendo que foi Próchka, aquele que lhe serve de cocheiro?

— Sim, ele.

— Traga-o para cá.

Chamaram Próchka e começaram a interrogá-lo.

— Onde estava?

Próchka balançou a cabeça, seus olhos brilharam:

— Em casa.

— Como assim, em casa? Todos os funcionários confirmaram que você não estava lá.
— Como queira.
— Não se trata de querer. Onde estava?
— Em casa.
— Então está certo. Capitão, leve-o de volta ao campo.
— Como queira.

Pois Próchka não disse onde estava, não explicou que passara a noite na casa de sua noiva Paracha; já que prometera não a entregar, assim o fez. Provas não havia, e Próchka foi liberado. Contudo, Piotr Nikoláitch estava certo de que era tudo coisa de Prokófi,[11] e passou a odiá-lo. Certa vez, Piotr Nikoláitch pegou Prokófi como cocheiro e mandou-o para o posto de troca de cavalos. Próchka, como sempre fazia, pegou na estalagem duas medidas de aveia. Dois terços ele deu de comer para os animais, o restante vendeu para beber. Piotr Nikoláitch sabia disso, e entregou-o para o juiz de paz. O juiz de paz condenou Próchka a três meses de prisão. Prokófi era vaidoso. Achava-se superior aos demais e tinha orgulho de si. A prisão o humilhou. Sem poder se orgulhar diante do povo, ele logo caiu em desânimo.

Próchka voltou da prisão exasperado, não tanto contra Piotr Nikoláitch, mas contra todo o mundo.

Prokófi, como diziam, ficou abatido depois da prisão, tinha preguiça de trabalhar, deu para beber, e logo caiu na bandidagem, roubando roupas de uma senhora proprietária, o que o levou novamente à prisão.

Dos cavalos, Piotr Nikoláitch soube apenas que foi encontrada a pele de um baio castrado, que ele reconheceu ser de Belinha. A impunidade dos ladrões irritava mais e mais Piotr Nikoláitch. Ele já não podia ver mujiques e falar deles sem sentir ódio, tentava subjugá-los sempre que possível.

---

[11] Próchka é apelido de Prokófi. (N. da T.)

XII

Apesar de ter se desfeito do cupom, Ievguêni Mikháilovitch não parava de pensar nele; sua esposa, Mária Vassílievna, não conseguia se perdoar por ter caído no golpe, nem o marido pelas palavras cruéis que lhe dissera; tampouco perdoava os dois jovens patifes que tão habilmente a enganaram.

Desde o dia em que fora enganada, ela observava atentamente todos os colegiais. Uma vez, encontrou Mákhin, mas não o reconheceu, pois ele, ao vê-la, fez uma careta que transformou sua fisionomia por completo. Porém, deu de cara com Mítia Smokóvnikov na calçada duas semanas após o incidente, reconhecendo-o de pronto. Ela lhe abriu passagem, deu meia-volta e começou a segui-lo. Chegou ao seu apartamento e descobriu de quem era filho; no dia seguinte, foi ao colégio e, na antessala, encontrou o professor de catecismo Mikhail Vvedénski. Ele lhe perguntou o que queria. Ela disse que desejava ver o diretor.

— O diretor não se encontra, está adoentado; talvez eu possa ajudar ou dar algum recado?

Mária Vassílievna decidiu contar tudo ao professor de catecismo.

O professor de catecismo Vvedénski era viúvo, acadêmico e um homem muito vaidoso. Ainda no ano anterior estivera em companhia do pai de Smokóvnikov e, numa conversa sobre a fé, na qual Smokóvnikov rebateu todos os pontos por ele levantados e ainda fez chacota dele, decidiu prestar especial atenção a seu filho e, tendo notado neste, tal qual o pai, certa indiferença às leis de Deus, começou a persegui-lo e chegou a reprová-lo em uma prova.

Depois de ficar sabendo por Mária Vassílievna do ato do jovem Smokóvnikov, Vvedénski não pôde conter o prazer de encontrar no caso a confirmação de suas suposições sobre a imoralidade das pessoas apartadas da orientação da

Igreja, e resolveu aproveitar a ocasião, como ele tentou fazer crer a si próprio, para demonstrar o perigo que ameaçava todos os que se afastam da Igreja, mas nas profundezas de sua alma queria mesmo era vingar-se de um ateu orgulhoso e seguro de si.

— Sim, muito triste, muito triste — disse o padre Mikhail Vvedénski, acariciando os cantos arredondados de sua cruz peitoral. — Estou muito feliz que a senhora tenha trazido o caso a mim. Como servo da Igreja, tentarei não deixar o jovem rapaz sem orientação, mas me esforçarei por suavizar o sermão tanto quanto possível.

"Sim, farei conforme minha posição exige", disse o padre Mikhail para si, pensando ter se esquecido totalmente da hostilidade do pai para com ele e acreditando ter em vista apenas o bem e a salvação do jovem.

No dia seguinte, na aula sobre as leis de Deus, o padre Mikhail contou aos alunos o episódio sobre o cupom falso e disse que aquilo havia sido feito por um aluno.

— Um ato mau, vergonhoso — disse ele —, mas a negação é ainda pior. Se isso foi feito por um de vocês, coisa que não acredito, melhor confessar do que se esconder.

Ao dizer isso, o padre Mikhail fixou os olhos em Mítia Smokóvnikov. Os alunos, seguindo o olhar deste, também se voltaram para Smokóvnikov. Mítia enrubesceu, começou a suar e, por fim, caiu em pranto e saiu correndo.

A mãe de Mítia, ao tomar conhecimento disso, arrancou toda a verdade do filho e correu para a loja de acessórios de fotografia. Ela pagou os vinte rublos e cinquenta copeques à proprietária e convenceu-a a ocultar o nome do estudante. Ao filho ordenou que negasse tudo e em hipótese alguma confessasse a culpa ao pai.

De fato, quando Fiódor Mikháilovitch soube do ocorrido no colégio, e tendo o filho negado tudo, foi à diretoria e relatou os fatos, disse que a atitude do professor de catecismo era censurável no mais alto grau, e que não deixaria por isso mesmo. O diretor convocou o sacerdote e entre ele e Fiódor Mikháilovitch houve um acalorado acerto de contas.

— A mulher tola confundiu meu filho com outro, depois ela mesma voltou atrás no testemunho, mas o senhor não encontrou nada melhor do que difamar um menino sincero e honesto.

— Eu não caluniei ninguém e não permito que o senhor fale assim comigo. O senhor está se esquecendo de meu título clerical.

— Eu não dou a mínima para o título do senhor.

— Suas ideias deturpadas — disse o professor de catecismo, com o queixo trepidante, de modo que sua barba rala tremia — são conhecidas em toda a cidade.

— Senhores, padre — o diretor tentava acalmar as partes. Mas era impossível acalmá-los.

— Por força do título, devo cuidar da educação moral e religiosa.

— Puro fingimento. Por acaso não sei que o senhor não acredita em patavina?

— Considero indigno falar com tal senhor — disse o padre Mikhail, ofendido pelas últimas palavras de Smokóvnikov, sobretudo porque sabia que eram justas. Ele fizera todo o curso da academia espiritual e por isso havia muito não acreditava naquilo que pregava e professava, acreditava apenas que todas as pessoas deviam se obrigar a crer naquilo que ele se obrigava a crer.

A questão para Smokóvnikov era menos a indignação com a atitude do professor de catecismo do que o fato de ter encontrado uma ilustração perfeita para a influência clerical que começa a se manifestar entre nós; por isso contou a todos sobre o caso.

Já o padre Vvedénski, ao testemunhar a manifestação do niilismo e ateísmo que se afirmavam não apenas na geração mais jovem, mas também na mais velha, estava ainda mais convencido da necessidade de lutar contra eles. Quanto mais censurava a falta de fé de Smokóvnikov e seus iguais, mais se convencia do caráter sólido e inabalável de sua própria fé, e sentia menos necessidade de se certificar dela e conciliá-la com sua vida. Sua fé, reconhecida por todos que o rodeavam, era seu principal instrumento de luta contra os adversários.

Tais ideias, suscitadas pelo enfrentamento com Smokóvnikov, além dos aborrecimentos no colégio, dele decorridos — mais precisamente, uma repreensão e uma advertência recebidos da direção —, forçaram-no a acatar uma resolução que atraía-o havia muito, desde a morte de sua esposa, isto é, acatar a vida monástica e eleger a mesma carreira pela qual seguiam alguns de seus colegas de academia, um dos quais já era arcebispo, outro, arquimandrita aspirante a bispo.

No final do ano letivo, Vvedénski deixou o colégio e fez os votos monásticos com o nome de Missail, logo recebendo o posto de reitor do seminário de uma cidade às margens do Volga.

XIII

Nesse meio-tempo, o zelador Vassili seguia a pé pela estrada principal em direção ao sul.

Durante o dia caminhava, à noite algum guarda arranjava um quarto para ele. Ganhava pão em toda parte, e às vezes era convidado a sentar-se à mesa de jantar. Num povoado da província de Oriol, onde passou a noite, disseram-lhe que um comerciante que arrendara o pomar de um senhor de terras estava à procura de jovens vigias. Vassili estava cansado da mendicância e sem vontade de voltar para casa, então foi procurar o mercador-fruticultor e arrumou trabalho como guarda a cinco rublos por mês.

A vida na cabana agradava muito a Vassili, especialmente quando as maçãs começavam a amadurecer e do celeiro senhorial os guardas traziam grandes feixes de palha da debulhadora. Deitar-se o dia inteiro na palha fresca, aromática, junto do montinho, ainda mais aromático do que a palha, de maçãs caídas na primavera e no inverno, dar uma olhada se não havia crianças pegando maçãs, assoviar e cantarolar canções. Vassili era mestre em entoar canções. Tinha ótima voz. Mulheres e moças vinham do campo buscar maçãs. Vassili fazia graça, dava maçãs maiores ou menores conforme a impressão que lhes causavam, trocava-as por ovos ou copeques; e tornava a se deitar, só dava saidinhas para tomar café, almoçar e jantar.

A única camisa de Vassili era de chita rosa e tinha buracos, nos pés não usava nada, mas seu corpo era forte, saudável, e quando a panela com mingau saía do fogo ele comia por três, de modo que o guarda mais velho ficava impressionado. À noite, Vassili não dormia: assoviava ou soltava gritos e, como um gato, enxergava longe no escuro. Certa vez um grupo de meninos mais velhos veio do povoado para chacoalhar as macieiras. Vassili se aproximou sorrateiramente e se lançou sobre eles; queria lhes dar uma surra, até conseguiu espantá-los, mas levou um deles para a cabana e entregou-o ao proprietário.

A primeira cabana de Vassili ficava num local afastado no pomar, a segunda, quando chegou a época das maçãs, a quarenta passos da casa do senhor. Nela Vassili foi ainda mais feliz. O dia inteiro via como os senhores e as senhoras brincavam, passeavam e, no final da tarde e à noite, tocavam piano e violino, cantavam e dançavam. Ele via como as senhoras se sentavam à janela com os estudantes e trocavam afagos, indo depois passear sozinhos por escuras alamedas de tílias, nas quais a luz do luar se projetava apenas em faixas e manchas. Via os servos correndo com os comes e bebes, e que cozinheiros, lavadeiras, feitores, fruticultores e cocheiros trabalhavam apenas para dar de comer e beber a eles, para alegrar os senhores. Às vezes, jovens senhoras visitavam-

-no na cabana e ele separava as melhores e mais suculentas maçãs vermelhas para elas; as senhoras mordiam, estalando a fruta entre os dentes, faziam elogios e diziam algo entre si em francês — Vassili entendia que era sobre ele —, então faziam-no cantar.

Vassili adorava essa vida, lembrando-se de quando morava em Moscou, e o pensamento de que dinheiro é tudo ocupava cada vez mais sua mente.

Vassili passou a pensar cada vez mais no que fazer para conseguir muito dinheiro de uma só vez. Lembrou-se de como fazia antes, e decidiu que não devia agir como agia antes, surrupiando o que estivesse dando sopa, mas pensar à frente, saber ao certo e fazer de forma limpa, sem deixar pontas soltas. Na festa da Virgem Maria colheram as últimas maçãs verdes. O proprietário fez bons negócios e acertou as contas com os guardas, inclusive Vassili, acrescentando uma gratificação.

Vassili se vestiu — o jovem senhor havia lhe presenteado com um casaco e um chapéu — e não foi para casa, estava enjoado de pensar na dura vida de mujique; voltou para a cidade com os soldados bêbados que vigiavam o pomar com ele. À noite, na cidade, resolveu invadir e roubar a loja onde havia morado, cujo proprietário o espancara e enxotara sem pagamento. Ele conhecia o lugar e sabia onde ficava o dinheiro; deixou um soldado vigiando e ele mesmo forçou a janela do pátio, esgueirou-se e pegou todo o dinheiro. Arrancou 370 rublos. Destes, Vassili deu cem ao parceiro e com o restante partiu para outra cidade para farrear com amigos e amigas.

XIV

Nesse meio-tempo, Ivan Mirónov se tornou um hábil, bravo e bem-sucedido ladrão de cavalos. Afímia, sua esposa, que antes brigava com ele por seus negócios errados, como ela dizia, agora estava satisfeita e se orgulhava do marido, pois ele vestia um casaco forrado, e ela, um xale curto e um casaco de pele novo.

No povoado e nos arredores, todos sabiam que nenhum roubo de cavalo ocorria sem ele, mas tinham medo de denunciá-lo e, sempre que suspeitas eram levantadas, ele acabava se safando limpo e ileso. Seu último roubo se deu numa noite, em Kolotovka. Quando podia, Ivan Mirónov escolhia quem roubar, e passou a gostar, acima de tudo, de roubar dos proprietários e comerciantes. Mas com estes o negócio era mais difícil. Por isso, quando não havia proprietários e comerciantes, tomava dos camponeses mesmo. Assim, certa noite ele surrupiou uns cavalos que encontrou pela frente em Kolotovka. O ato foi executado não por ele, mas pelo jovem e ágil Guerássim, que fora persuadido por ele. Os mujiques só notaram a ausência dos cavalos no raiar do dia, e trataram de procurá-los pela estrada. Os cavalos estavam num barranco de um bosque do Estado. Ivan Mirónov tinha intenção de deixá-los ali até a noite seguinte, e então levá-los para um zelador conhecido seu, a quarenta verstas de distância. Ivan Mirónov foi visitar Guerássim no bosque, trouxe-lhe torta e vodca e voltou para casa por um atalho no qual não esperava encontrar ninguém. Para sua desgraça, deu de cara com um soldado que estava de guarda.

— Por acaso foi colher cogumelos? — disse o soldado.

— Sim, hoje não tem nada — respondeu Ivan Mirónov, mostrando a cesta que carregava por precaução.

— Sim, este é um verão sem cogumelos — disse o soldado —, o jeito é jejuar — e seguiu adiante.

O soldado compreendeu que havia algo de errado ali. Não havia motivo para Ivan Mirónov estar caminhando logo cedo pelo bosque. Ele voltou e fez uma ronda pelo bosque. Próximo ao barranco, ouviu um ruído de cavalo e, sem fazer barulho, foi ao local de onde vinha o som. No barranco havia esterco e pegadas de cavalo. Logo à frente estava Guerássim, comendo alguma coisa, e havia dois cavalos amarrados a uma árvore.

O soldado correu para a vila, buscou o estaroste,[12] um guarda e duas testemunhas. Vieram cada um de um lado, chegaram ao local onde estava Guerássim e prenderam-no. Gueráska não ofereceu resistência e, embriagado, imediatamente confessou tudo. Contou que Ivan Mirónov o embriagara e o convencera, e que tinha prometido voltar ao bosque para buscar os cavalos. Os mujiques deixaram os cavalos e Guerássim no bosque e armaram uma emboscada para Ivan Mirónov. Quando escureceu, ouviram um assovio. Guerássim respondeu. Assim que Ivan Mirónov começou a descer o morro, partiram para cima dele e levaram-no para a vila. De manhã, formou-se uma multidão em frente à isbá do estaroste.

Trouxeram Ivan Mirónov e começaram a interrogá-lo. Stepan Pelaguêiuchkin, um mujique alto e meio encurvado, de braços compridos, nariz aquilino e com uma expressão soturna no rosto, foi o primeiro a interrogar. Stepan era um mujique solitário, que cumprira o serviço militar. Tinha acabado de deixar a casa do pai e começava a se ajeitar quando levaram seu cavalo. Depois de trabalhar um ano nas minas, Stepan conseguiu mais dois cavalos. Levaram ambos.

— Diga onde estão meus cavalos — disse Stepan, pálido de raiva, olhando sorumbático ora para o chão, ora para o rosto de Ivan.

Ivan Mirónov não arredou o pé. Então Stepan acertou-lhe a cara e quebrou-lhe o nariz, do qual começou a jorrar sangue.

---

[12] Na Rússia imperial, o representante de uma comunidade rural. (N. da T.)

— Diga ou lhe mato!

Ivan Mirónov ficou calado, inclinando a cabeça. Stepan acertou-lhe com os braços compridos uma, duas vezes. Ivan continuava calado, jogando a cabeça de um lado para o outro.

— Podem bater! — gritou o estaroste.

E a surra começou. Ivan Mirónov tombou em silêncio e exclamou:

— Bárbaros, diabos, batam até matar. Não tenho medo de vocês.

Então Stepan pegou uma pedra de um monte que haviam deixado preparado e com ela rachou a cabeça de Ivan Mirónov.

XV

Os assassinos de Ivan Mirónov foram julgados. Entre eles estava Stepan Pelaguêiuchkin. Ele respondeu a acusações mais severas do que os demais, pois todos testemunharam que fora ele quem rachara a cabeça de Ivan Mirónov com a pedra. Stepan não escondeu nada em juízo, explicou que quando lhe levaram os dois últimos cavalos, ele fez uma denúncia na delegacia, e era possível seguir as pistas dos ciganos, mas não aceitaram a denúncia e nem sequer fizeram buscas.

— E o que podíamos fazer com um tipo deste? Ele nos arruinou.

— E por que os demais não bateram, só você? — disse o acusador.

— Não é verdade, todos bateram, a comunidade resolveu matar, eu apenas dei cabo. Para que torturá-lo em vão?

Os juízes ficaram impressionados com a expressão de absoluta tranquilidade com a qual Stepan relatava seu ato, sobre como haviam espancado Ivan Mirónov e como ele dera cabo de sua vida.

De fato, Stepan não via nada de terrível naquele assassinato. Já tivera que fuzilar um soldado em serviço e, tanto nesse caso como no de Ivan Mirónov, não via nada de terrível. Mataram e pronto. Hoje ele, amanhã eu.

Stepan recebeu uma pena branda, um ano de prisão. Tiraram-lhe as vestes de mujique e guardaram-nas no depósito com um número, vestiram-no a bata de prisioneiro e as botas de feltro.

Stepan nunca respeitou as autoridades, mas agora estava inteiramente convencido de que todas as autoridades, todos os senhores, todos, exceto o tsar — o único que se compadecia do povo e era justo —, todos eram bandidos, sanguessugas do povo. As histórias dos degredados e prisioneiros das galés com os quais ele se deparou na prisão confirmavam essa opinião. Um fora condenado às galés por ter acusado o chefe de roubo; outro, por ter batido no chefe quando este confiscou propriedade camponesa; um terceiro, por ter falsificado cédulas de dinheiro. Os senhores, os comerciantes, não importava o que fizessem, todos se safavam, já o mujique pobretão por qualquer coisa era mandado preso para alimentar piolhos.

A esposa vinha visitá-lo na prisão. Sem ele a situação já era má, então veio o incêndio e a completa ruína, e ela começou a mendigar com os filhos. A pobreza da esposa exasperou ainda mais Stepan. Na prisão ele tinha raiva de todos; certa vez quase matou o cozinheiro a machadadas, o que lhe custou o acréscimo de um ano à sua pena. Naquele mesmo ano ficou sabendo que a esposa falecera e que sua casa não existia mais...

Depois de cumprir sua pena, Stepan foi chamado ao depósito, onde pegaram suas roupas da prateleira e lhe entregaram.

— Para onde vou agora? — disse ele ao quarteleiro, enquanto se vestia.

— Para casa, é claro.

— Não tenho casa. Preciso cair na estrada. Assaltar o povo.

— Se roubar vai acabar caindo aqui de novo.

— É assim que deve ser.

E Stepan partiu. Dirigiu-se, de todo modo, para casa. Não tinha mais para onde ir.

Antes de chegar, passou a noite numa estalagem conhecida, onde havia uma taverna.

A estalagem era de um pequeno-burguês gordo de Vladímir. Ele conhecia Stepan. Sabia que ele tinha ido parar na prisão por um infortúnio. Deixou que ele passasse a noite lá.

Esse pequeno-burguês havia roubado a mulher de um mujique, vizinho seu, e esta vivia com ele como esposa e empregada.

Stepan sabia de tudo: sabia que o pequeno-burguês ofendera o mujique, que a mulherzinha abominável abandonara o marido e agora se empanturrava, suarenta, à mesa de chá — chá este que por caridade oferecia a Stepan. Não havia hóspedes. Stepan foi colocado para dormir na cozinha. Matriona organizou tudo e se retirou para seu quarto. Stepan se deitou sobre o forno, mas não conseguiu dormir, ficou se mexendo e fazendo estrepitar as lascas que secavam no forno. A barriga gorda do pequeno-burguês não lhe saía da cabeça, pulando para fora do cinto em uma camisa de chita desbotada de tanto que fora lavada. Vinha-lhe à cabeça a ideia de enfiar uma faca naquela barriga, cortar aquele bucho. E o da mulher também. Então disse para si: "Para o diabo com eles, vou embora amanhã", lembrou-se de Ivan Mirónov e novamente pensou na barriga do pequeno-burguês e na garganta branca e suada de Matriona. Matar, e logo os dois. O galo cantou pela segunda vez. Tem que ser agora, antes de amanhecer. Ainda no dia anterior vira ali uma faca e um machado. Desceu do forno, pegou o machado e a faca e deixou a cozinha. Logo que saiu, o ferrolho tilintou atrás da porta. O pequeno-burguês estava saindo. Ele não fez da forma como gostaria. Não chegou a usar a faca, apenas brandiu o machado e cortou-lhe a cabeça. O pequeno-burguês desabou contra o umbral e caiu no chão.

Stepan entrou no quarto. Matriona levantou-se e ficou só de camisola ao lado da cama. Stepan matou-a com o mesmo machado.

Em seguida, acendeu uma vela, pegou o dinheiro que estava sobre a mesa do escritório e partiu.

XVI

Numa cidade provinciana, numa casa afastada das outras, vivia um velhinho, antigo funcionário público, beberrão, com duas filhas e um genro. A filha casada também bebia e levava uma vida desordenada, já a mais velha, a viúva Maria Semiônovna, era uma mulher de cinquenta anos, magra e encarquilhada, que sozinha sustentava todos: recebia uma pensão de duzentos e cinquenta rublos. Com esse dinheiro ela alimentava toda a família. Maria Semiônovna era a única que trabalhava na casa. Cuidava do pai fraco e bêbado e do filho da irmã, cozinhava e lavava. E como sempre acontece, era ela que se sobrecarregava com tudo que precisava ser feito; era ela que todos os três xingavam e chegava a apanhar do cunhado beberrão. Aguentava tudo calada e submissa, e como sempre acontece também, quanto mais coisas ela tinha para fazer, mais coisas conseguia fazer. Ajudava os pobres, tirando de si, dando suas roupas, e ajudava a cuidar dos doentes.

Certa vez, um alfaiate do campo, que era coxo, perneta, fez um trabalho na casa de Maria Semiônovna. Emendou o casaco do velho e cobriu com feltro a peliça de Maria Semiônovna para que ela usasse na feira, durante o inverno.

O alfaiate coxo era uma pessoa observadora e inteligente, em função de seu ofício tivera ocasião de ver as mais diversas pessoas e, em decorrência de sua deficiência, ficava sempre sentado, e por isso era dado a pensar. Tendo convivido com Maria Semiônovna por uma semana, não pôde deixar de se impressionar com aquela vida. Certa vez, ela foi até a cozinha, onde ele costurava, para lavar as toalhas, e ele começou a conversar sobre a vida que levava, sobre como seu irmão o ofendera e eles se afastaram.

— Pensei que seria melhor assim, mas a miséria é a mesma.

— Melhor não mudar, continue a viver como vive — disse Maria Semiônovna.

— Sim, mas muito me espanta, Maria Semiônovna, como sozinha você cuida de tudo, para todo mundo. E da parte deles, pelo que vejo, há pouco de bom.

Maria Semiônovna não disse nada.

— Talvez você tenha visto nos livros que existe recompensa no outro mundo.

— Disso a gente não sabe — disse Maria Semiônovna —, mas viver assim é melhor.

— Tem isso nos livros?

— Também tem nos livros — disse ela, e leu nos Evangelhos o Sermão da Montanha. O alfaiate ficou pensativo; quando acertou as contas e foi embora, continuou pensando no que vira na casa de Maria Semiônovna e sobre o que ela dissera e lera para ele.

XVII

Piotr Nikoláitch mudou em relação ao povo, e o povo mudou em relação a ele. Não havia passado um ano desde que haviam derrubado vinte e sete carvalhos e ateado fogo em uma eira e um celeiro, que não estavam no seguro. Piotr Nikoláitch decidiu que era impossível viver com a gente local.

Nessa época, os Liventsov procuravam um administrador para sua propriedade, e alguém do governo recomendou Piotr Nikoláitch como o melhor senhorio do distrito. A propriedade dos Liventsov, embora fosse enorme, não dava lucro, e os camponeses ficavam com tudo. Piotr Nikoláitch foi contratado para colocar as coisas nos eixos; arrendou sua terra e mudou-se com a esposa para a distante província às margens do Volga.

Piotr Nikoláitch sempre foi amante da lei e da ordem e, ainda mais agora, não podia admitir que o povo rude e selvagem, a contrapelo da lei, tomasse posse daquilo que não lhes pertencia. Estava feliz com a oportunidade de dar-lhes uma lição e pôs-se a trabalhar. Mandou prender um camponês por roubar madeira, espancou ele mesmo um outro, por não ter lhe dado passagem nem tirado o chapéu. Sobre as várzeas que geravam discórdia e que os camponeses consideravam sua propriedade, Piotr Nikoláitch advertiu-os de que se eles soltassem o gado nelas, prenderia todos.

Veio a primavera, e os camponeses, como nos anos anteriores, soltaram o gado na terra do senhor. Piotr Nikoláitch reuniu todos os trabalhadores e mandou expulsar o gado do pátio do senhor. Os mujiques estavam na lavoura, e por isso os trabalhadores, a despeito dos gritos das mulheres, expulsaram o gado. Quando retornaram do trabalho, os mujiques, reunidos, foram até o pátio do senhor para exigir a devolução do gado. Piotr Nikoláitch saiu com uma arma no ombro (acabara de voltar da ronda) e anunciou que só devolveria o gado mediante um pagamento de cinquenta copeques por cada boi e dez por cada ovelha. Os mujiques começaram a gritar que a terra era deles, que seus pais e avós eram os proprietários, e que ninguém tinha o direito de tomar o gado alheio.

— Devolva o gado ou será pior — disse um velho, avançando em direção a Piotr Nikoláitch.

— O que vai ser pior? — gritou Piotr Nikoláitch inteiramente pálido, avançando sobre o velho.

— Devolva, não peque. Sanguessuga!

— O quê? — gritou Piotr Nikoláitch, e deu um tapa na cara do velho.

— Não se atreva a partir para a violência. Rapazes, tomem o gado à força.

A multidão começou a empurrar. Piotr Nikoláitch quis fugir, mas não deixaram. Tentou abrir caminho. A arma disparou e matou um dos camponeses. Começou uma grande barafunda. Piotr Nikoláitch foi pisoteado. Cinco minutos depois, atiraram seu corpo estropiado barranco abaixo.

Os assassinos foram levados ao tribunal militar, dois foram condenados à forca.

XVIII

Na aldeia de onde vinha o alfaiate, cinco camponeses ricos arrendaram do proprietário, ao custo de mil e cem rublos, cento e cinco *dessiatinas* de terra de lavoura fértil, preta como alcatrão; a terra foi repartida com os mujiques, para alguns a dezoito, para outros a quinze rublos. Nenhum lote custou menos de doze rublos. De modo que o lucro era bom. Os próprios compradores ficaram com cinco *dessiatinas*, de modo que a terra saiu de graça. Um dos camaradas desses mujiques morreu, e o alfaiate coxo foi convidado a se juntar à sociedade.

Quando foram repartir a terra, o alfaiate não bebeu vodca e, quando a conversa se encaminhou para decidir quanta terra cada um receberia, disse que todos deveriam receber igualmente, que os arrendatários não deviam pagar a mais, apenas o que era devido.

— Como assim?

— Por acaso não somos todos cristãos? Está bem para os senhores, mas nós somos cristãos. Temos que agir pela lei de Deus. Esta é a lei de Cristo.

— E onde está essa lei?

— No livro, no Evangelho. Venham no domingo, eu lerei e vamos conversar.

No domingo vieram não todos, mas apenas três, e o alfaiate começou a ler para eles.

Leu cinco capítulos de Mateus, e começaram a conversar. Todos ouviram, mas apenas Ivan Tchúiev aceitou a palavra. Aceitou de tal forma que passou a viver pela lei de Deus. Assim como todos em sua família. Recusou o excedente da terra, ficando apenas com sua parte de direito.

Começaram a vir à casa do alfaiate e de Ivan, começaram a compreender e, enfim, entenderam: pararam de fumar, beber e dizer palavras de baixo calão, passaram a ajudar-se uns aos outros. Deixaram de frequentar a igreja e entregaram seus ícones ao pope. Eram dezessete famílias assim. Ao todo, sessenta e cinco almas. O sacerdote se assustou e informou o bispo. O bispo pensou no que fazer e decidiu mandar para a aldeia o arquimandrita Missail, antigo professor de catecismo do colégio.

XIX

O bispo sentou Missail a seu lado e começou a relatar as notícias de sua diocese.

— Tudo decorre da fraqueza espiritual e da ignorância. Você é uma pessoa estudada. Confio em você. Vá até lá, convoque todos e esclareça o povo.

— Com a sua bênção, farei o esforço — disse o padre Missail.

Ele se alegrou da incumbência. Alegrava-se sempre que podia dar mostras de sua fé. Ao converter outros, convencia-se cada vez mais de que tinha fé.

— Pois tente, estou muito preocupado com meu rebanho — disse o bispo, pegando sem pressa, com suas mãos brancas e rechonchudas, a xícara de chá trazida pelo acólito.

— Como assim, apenas uma geleia? Traga a outra — disse para o acólito. — Estou muitíssimo aflito — continuou seu discurso a Missail.

Missail estava contente de poder dar provas de seu valor. Sendo um homem pobre, pediu dinheiro para as despesas com a viagem e, com receio da resistência do povo rude, pediu ainda uma ordem do governador para que a polícia local lhe desse assistência em caso de necessidade.

O bispo ajeitou tudo, e Missail, depois de arrumar, com a ajuda dos acólitos e cozinheiros, um baú com as provisões que seriam necessárias em local tão ermo, seguiu para o destino designado. Enquanto seguia nessa missão, experimentou um sentimento agradável de consciência da importância de seu serviço, e assim cessaram quaisquer dúvidas que ele podia ter quanto à própria fé; pelo contrário, estava agora absolutamente convicto de que ela era verdadeira.

Seus pensamentos estavam voltados não para a essência da fé — esta era reconhecida como um axioma —, mas para a refutação das objeções feitas às suas formas exteriores.

XX

O sacerdote da aldeia e sua esposa receberam Missail com grande deferência e, no dia seguinte à sua chegada, reuniram o povo na igreja. Vestindo uma nova batina de seda, a cruz peitoral e com os cabelos penteados, Missail subiu no púlpito; perto dele estava o sacerdote, à distância estavam os sacristãos e os membros do coro, nas laterais da porta estava a polícia. Chegaram os sectários, com suas peliças grosseiras e engorduradas.

Depois do *Te Deum*, Missail leu o sermão, exortando os desgarrados a retornarem para o seio da Madre Igreja, ameaçando-os com os suplícios do inferno e prometendo perdão absoluto aos penitentes.

Os sectários calavam. Quando interrogados, respondiam.

Sobre o motivo da deserção, responderam que na igreja reverenciavam deuses de madeira, feitos pelo homem, o que não estava nas Escrituras, e que as profecias afirmavam até o contrário disso. Quando Missail perguntou a Tchúiev se era verdade que eles diziam que os ícones santos eram tábuas, este respondeu: "Pois vire-o do avesso, o ícone, e você verá". Quando perguntaram por que não reconheciam o clero, eles responderam que nas Escrituras estava dito: "De graça recebeste, de graça dai"[13] — já o pope só abençoava se dessem dinheiro. Todas as tentativas de Missail de apoiar-se nas Escrituras Sagradas foram rebatidas de modo calmo e firme pelo alfaiate e por Ivan, com base naquelas mesmas Escrituras, que eles conheciam tão bem. Missail encolerizou-se, ameaçou recorrer ao poder local. A isso os sectários responderam: "Se a mim me perseguiram, também vos perseguirão a vós".[14]

O caso não deu em nada, e tudo teria corrido bem se, no dia seguinte, na missa, Missail não tivesse lido o sermão sobre a perniciosidade dos desencaminhados, os quais mereciam as mais duras punições. Na saída da igreja a gente começou a falar se não valeria a pena dar uma lição nos ateus para que eles não confundissem o povo. Naquele dia, no momento em que Missail degustava salmão e peixe branco com o decano e um inspetor vindo da cidade, formou-se uma confusão na aldeia. Os ortodoxos se aglomeraram diante da isbá de Tchúiev, aguardando sua saída para espancá-lo. Os sec-

---

[13] Mateus, 10, 8. (N. da T.)
[14] João, 14, 20. (N. da T.)

tários presentes eram cerca de vinte homens e mulheres. O sermão de Missail e agora a turba de crentes com suas palavras ameaçadoras despertaram nos sectários um sentimento ruim, que não existia antes. Anoiteceu, era hora de as mulheres ordenharem as vacas, mas os ortodoxos permaneciam lá e esperavam, bateram num rapaz que havia saído e fizeram-no recolher-se de volta à isbá. Conversaram sobre o que fazer e não chegaram a um acordo.

O alfaiate disse que era preciso suportar e não oferecer resistência. Já Tchúiev disse que, se fosse para suportar, eles todos apanhariam; pegou um atiçador de fogo e saiu. Os ortodoxos partiram para cima dele.

— Pois então, vamos pela lei de Moisés — ele gritou, e começou a bater nos ortodoxos, acertando o olho de um; os demais sectários escaparam para fora da isbá e foram cada um para sua casa.

Tchúiev foi julgado por desencaminhamento e também por blasfêmia, e condenado ao exílio.

O padre Missail foi recompensado e ordenado arquimandrita.

XXI

Dois anos antes, chegara para estudar em Petersburgo uma moça de feições orientais, vinda da terra dos cossacos do Don, a bela Turtchanínova. Em Petersburgo, a moça conheceu o estudante Tiúrin, filho do chefe regional da província de Simbirsk, e se apaixonou por ele, mas não com um amor feminino comum, desejando tornar-se sua esposa e mãe de seus filhos, mas com um amor de camaradagem, que se alimentava fundamentalmente de indignação e ódio não apenas pelo sistema existente, mas pelas pessoas que o representavam, bem como da consciência de sua superioridade intelectual, educacional e moral sobre eles.

Ela tinha talento para os estudos, aprendia as lições com facilidade, era aprovada nos exames e, além disso, devorava em enormes quantidades os livros mais recentes. Estava segura de que sua vocação consistia não em parir e educar filhos — inclusive, tinha aversão e desprezo por tal vocação —, mas em destruir o sistema existente, o qual tolhia as melhores forças do povo, e mostrar às pessoas o novo caminho da vida, que havia sido revelado a ela pelos mais novos escritores europeus. Corpulenta, branca, corada, bela, com brilhantes olhos negros e uma pequena trança preta, ela despertava nos homens sentimentos que não desejava nem podia partilhar, pois estava inteiramente absorvida por sua atividade de debates e agitação. Mesmo assim era-lhe agradável o fato de que despertasse esses sentimentos, e por isso, ainda que não chegasse a se enfeitar, não menosprezava sua aparência. Era-lhe agradável o fato de ser desejada e poder mostrar como ela na realidade desprezava aquilo que outras mulheres valorizavam. Em suas opiniões sobre a luta contra a ordem existente, ia além da maior parte de seus colegas e de seu amigo Tiúrin; aceitava que na luta todos os meios eram bons e podiam ser empregados, incluindo o assassinato. Entretanto, essa mesma revolucionária, Kátia Turtchanínova, era, no fundo de sua alma, uma mulher muito boa e abnegada, que sempre preferia de imediato a vantagem, a satisfação e o bem-estar alheios do que a vantagem, a satisfação e o bem-estar próprios; e sempre se alegrava genuinamente com a possibilidade de fazer algo bom a quem quer que fosse, criança, velho ou animal.

    Turtchanínova passou o verão num distrito à beira do Volga, na casa de uma colega sua, que era professora rural. Tiúrin vivia com o pai naquele mesmo distrito. Os dois, junto com o médico regional, se encontravam com frequência, trocavam livros, discutiam e se indignavam. A propriedade dos Tiúrin era próxima da dos Lientsov, da qual Piotr Nikoláitch era administrador. Assim que Piotr Nikoláitch chegou e começou a colocar ordem na casa, o jovem Tiúrin, vendo os camponeses de Liventsov desenvolverem um espírito livre e a firme intenção de defenderem seus direitos, interessou-se por eles, e amiúde ia à aldeia para conversar com os camponeses, disseminando entre eles a teoria do socialismo em geral e o tema da nacionalização da terra em particular.

Quando ocorreu o assassinato de Piotr Nikoláitch e iniciou-se o processo jurídico, o círculo de revolucionários do distrito tinha fortes motivos para indignar-se com o julgamento, e ousaram expressar essa indignação. O fato de que Tiúrin frequentava a aldeia e falava com os camponeses veio à tona no tribunal. Fizeram buscas em sua casa, encontraram algumas brochuras revolucionárias, prenderam o estudante e mandaram-no para Petersburgo.

Turtchanínova foi atrás dele e visitou-o na prisão, mas não a deixavam entrar em qualquer dia, apenas nos dias de visitas gerais, quando então ela podia se encontrar com Tiúrin, atrás de duas grades. O encontro fortaleceu ainda mais sua revolta. Esta foi levada ao limite extremo na conversa com o belo oficial dos gendarmes, que, ao que parece, estava disposto a fazer-lhe favores caso ela cedesse às suas propostas. Isso levou ao grau máximo sua revolta e o rancor contra todas as figuras de poder. Ela foi prestar queixa ao chefe da polícia. Este lhe disse o mesmo que dissera o gendarme, que eles nada podiam fazer, que a esse respeito existia uma disposição do ministro. Ela entregou um relatório ao ministro, solicitando uma audiência; o pedido foi recusado. Então, num ato de desespero, decidiu comprar um revólver.

XXII

O ministro recebia no horário de costume. Passou por três requerentes, recebeu o governador e se aproximou da moça bonita de olhos escuros e roupa preta que segurava um papel na mão esquerda. Uma chama afetuosa e lasciva se acendeu nos olhos do ministro ao ver tão bela requerente, mas, ao lembrar-se de sua posição, ele fechou a cara.

— De que precisa? — disse, aproximando-se.

Sem responder, ela rapidamente sacou um revólver de debaixo da capa e, apontando-o para o peito do ministro, atirou, mas errou o tiro.

O ministro quis segurar seu braço, mas ela o rechaçou e atirou novamente. O ministro correu. Seguraram-na. Ela tremia e não conseguia falar. Súbito, começou a gargalhar histericamente. O ministro nem sequer foi ferido.

Aquela era Turtchanínova. Foi mandada para a prisão preventiva. O ministro, depois de receber os parabéns e as condolências de figuras das mais altas patentes, inclusive do próprio soberano, designou uma comissão para investigar a conspiração que dera origem ao atentado.

Conspiração, é claro, não havia; mas os funcionários da polícia secreta e da não secreta se empenharam arduamente em revelar todos os fios da conspiração inexistente, justificando assim os seus vencimentos e a sua preservação: levantavam-se cedo, antes do amanhecer, faziam busca atrás de busca, copiavam papéis, livros, liam diários e cartas íntimas, dos quais extraíam excertos copiados em bela caligrafia e ótimo papel, e muitas vezes interrogaram Turtchanínova, fizeram acareações, na tentativa de descobrir a identidade dos cúmplices.

No fundo, o ministro era um homem bom e se compadecia pela bela e saudável cossaca, mas dizia a si mesmo que sobre ele recaíam pesados deveres de Estado, os quais deveria cumprir, não importava o quão difícil fosse. Quando seu antigo colega, um camareiro conhecido dos Tiúrin, encontrou-o num baile da corte e começou a fazer perguntas sobre Tiúrin e Turtchanínova, o ministro encolheu os ombros, amassando a fita vermelha em seu colete branco, e disse:

— *Je ne demanderais pas mieux que de lâcher cette pauvre fillette, mais vous savez... le devoir.*[15]

Enquanto isso, Turtchanínova permanecia em prisão preventiva; às vezes, comunicava-se com os vizinhos por batidas na parede, lia os livros que lhe davam e, de quando em quando, tinha acessos repentinos de fúria e desespero, batia-se contra a parede, soltava ganidos e gargalhava.

XXIII

Certa vez, Maria Semiônovna recebeu sua pensão no Tesouro Público e, na volta, encontrou um professor conhecido seu.

— E então, Maria Semiônovna, recebeu do Tesouro? — gritou ele, do outro lado da rua.

— Recebi — respondeu Maria Semiônovna —, só para tapar buracos.

— Será o suficiente, dará para tapar os buracos e ainda vai sobrar — disse o professor, que se despediu e seguiu adiante.

— Adeus — disse Maria Semiônovna e, acompanhando o professor com o olhar, deu um encontrão num sujeito alto com braços muito compridos e cara séria.

Ao se aproximar de casa, ela se surpreendeu ao ver novamente o mesmo sujeito de braços compridos. Ao vê-la entrar em casa, ele parou, deu meia-volta e partiu.

A princípio, Maria Semiônovna sentiu desconforto, depois ficou triste. Mas depois de entrar, entregar presentes para o velho e para o jovem sobrinho Fédia, que sofria de escrófula, e fazer carinho em Trezorka, que soltava ganidos de alegria, ela voltou a se sentir bem e, tendo entregado o di-

---

[15] Em francês no original: "Eu adoraria soltar essa pobre moça, mas o senhor sabe... o dever". (N. da T.)

nheiro ao pai, lançou-se ao trabalho, que parecia nunca ter fim.

O homem em quem dera o encontrão era Stepan.

Da estalagem onde assassinara o zelador, Stepan seguiu para a cidade. O mais impressionante é que a lembrança do assassinato não apenas não lhe era desagradável, ele inclusive recordava-o algumas vezes ao dia. Gostava de pensar que fora capaz de fazê-lo de forma tão limpa e hábil, e que ninguém poderia descobrir e impedi-lo de fazer mais e mais vezes. Sentado na taverna, tomando chá e vodca, ele examinava as pessoas a partir da seguinte perspectiva: como seria possível matá-las? Foi passar a noite com seu conterrâneo, um carroceiro. Este não estava em casa. Stepan disse que iria esperar, sentou-se e começou a conversar com uma mulher. Em seguida, quando ela se voltou para o forno, a ideia de matá-la veio-lhe à mente. Ele se surpreendeu, balançou a cabeça; depois, tirou uma faca do cano da bota, foi para cima dela e lhe cortou a garganta. As crianças começaram a gritar, ele as matou também, e deixou a cidade sem parar para dormir. Fora da cidade, no campo, entrou numa taverna e lá caiu no sono.

No dia seguinte, voltou para a cidade e ouviu na rua a conversa de Maria Semiônovna com o professor. O olhar desta o assustou, mesmo assim ele decidiu se dirigir à sua casa e pegar o dinheiro que ela havia recebido. À noite, ele quebrou o cadeado e entrou na casa. A filha mais nova, a casada, foi a primeira a ouvi-lo. Ela soltou um grito. Stepan imediatamente lhe cortou a garganta. O genro acordou e agarrou-se nele. Segurou Stepan pelo pescoço, os dois lutaram bastante tempo, mas Stepan era mais forte. Depois de dar cabo do genro, Stepan se aproximou do tabique, ainda alvoroçado e perturbado com a luta. Atrás dele, Maria Semiônovna estava deitada em sua cama; ela se levantou, fitou Stepan com olhos assustados e dóceis e se benzeu. Seu olhar voltou a assustar Stepan. Ele baixou os olhos.

— Cadê o dinheiro? — ele disse, sem erguer o olhar. Ela ficou em silêncio.

— Cadê o dinheiro? — disse Stepan, mostrando-lhe a faca.

— O que é isso? Será possível? — ela disse.

— É possível, sim.

Stepan se aproximou, ajeitando-se para agarrá-la pelos braços de modo que ela não atrapalhasse, mas ela não moveu um dedo, não ofereceu resistência, apenas apertou as mãos contra o peito, respirou fundo e repetiu:

— Oh, grande pecado. O que é isso? Tenha piedade de si. A alma é do outro, mas a perdição é sua... Oh! — ela gemeu.

Stepan não conseguiu suportar aquela voz e aquele olhar, e cortou sua garganta com a faca — "Chega de falar". Ela tombou sobre o travesseiro e agonizou, empapando-o de sangue. Ele se virou e andou pela casa, recolhendo as coisas. Depois de pegar o que precisava, Stepan acendeu um cigarro, sentou-se, limpou a roupa e saiu. Pensou que se safaria desse assassinato, como dos anteriores, mas antes mesmo de chegar à pousada já não conseguia mexer nenhum membro do corpo. Ficou deitado numa vala pelo resto da noite, e todo o dia seguinte, até a noite posterior.

SEGUNDA PARTE

I

Deitado na vala, Stepan não parava de ver o rosto dócil, magro e assustado de Maria Semiônovna, e ouvia sua voz: "Será possível?", dizia ela com sua voz especial, sibilante e queixosa. Stepan reviveu tudo que fizera com ela. Ficou com medo, fechou os olhos e sacudiu sua cabeça cheia de cabelos para arrancar dali aqueles pensamentos e lembranças. Livrou-se por um momento das lembranças, mas no lugar delas surgiu um rosto escuro, depois outro, e depois ainda outros rostos escuros, com olhos vermelhos, e todos diziam-lhe o mesmo: "Deu cabo dela, agora dê cabo de si, ou não lhe daremos sossego". Ele abriu os olhos e novamente a viu, ouviu sua voz; começou a sentir pena dela e repugnância e horror de si. Outra vez fechou os olhos, outra vez os rostos escuros.

Na noite do dia seguinte, levantou-se e foi para a taverna. A muito custo conseguiu chegar, e começou a beber. Não importava quanto bebesse, a embriaguez não lhe pegava. Ficou sentado em silêncio e virou um copo atrás do outro. Um policial entrou na taverna.

— Este aqui é quem? — perguntou o policial.

— Aquele que ontem mesmo cortou a garganta dos Dobrotvórov.

Ele foi preso, ficou detido um dia na delegacia, depois foi enviado para a capital da província. O encarregado da prisão, reconhecendo nele o antigo preso desordeiro, e agora um grande facínora, recebeu-o com severidade.

— Olha, não vai sair da linha aqui — disse o carcereiro com voz rouca, franzindo o cenho e empinando o queixo. — Se eu vir qualquer coisa, vai ser açoitado até a morte. Não vai fugir de mim.

— Fugir para quê? — respondeu Stepan, baixando os olhos. — Eu mesmo me entreguei.

— E não venha com conversa. Quando o chefe fala, olhe-o nos olhos! — bradou o encarregado, e deu-lhe um soco no queixo.

Nesse momento, Stepan a viu novamente e escutou sua voz. Não ouviu o que dissera o encarregado.

— Quê? — perguntou, voltando a si quando sentiu o soco na cara.

— Vai, vai, anda, não se faça de desentendido.

O encarregado da prisão esperava atos de violência, conversas com outros presos, tentativas de fuga. Mas não houve nada disso. Quando o guarda ou o próprio encarregado olhavam-no pelo buraco da porta, Stepan estava sentado no saco de palha, a cabeça apoiada nas mãos, sempre murmurando algo para si. Nos interrogatórios do investigador, ele também era diferente dos demais presos: desatento, não ouvia as perguntas; e quando as compreendia, era tão sincero que o investigador, acostumado a usar de astúcia e esperteza no confronto com os réus, experimentou ali um sentimento semelhante àquele que experimentamos no escuro, quando, no alto de uma escada, erguemos a perna para subir um degrau que não existe. Stepan contou tudo sobre os assassinatos que cometera, franzindo o cenho e fixando o olhar em um ponto, com um tom extremamente simples e prático, tentando se recordar de todos os detalhes: "Ele saiu", contou Stepan sobre o primeiro assassinato, "descalço, parou ao lado da porta, e eu, quer dizer, o golpeei uma vez, ele agonizou, então parti para cima da mulher"... e assim por diante.

Quando o procurador fez a ronda nas celas, perguntaram a Stepan se ele tinha alguma queixa, se precisava de alguma coisa. Ele respondeu que não precisava de nada e que não estava sendo maltratado. O procurador deu alguns passos pelo corredor fétido, parou e perguntou ao diretor da prisão, que o acompanhava, sobre o comportamento daquele preso.

— Não paro de me surpreender — respondeu o diretor, satisfeito pelo elogio de Stepan ao tratamento dado a ele. — Já faz dois meses que está aqui, seu comportamento é exemplar. Temo apenas que esteja tramando algo. É um sujeito valente e de força desmedida.

II

No primeiro mês na prisão, Stepan se atormentava incessantemente, sempre com a mesma coisa: via a parede acinzentada de sua cela, ouvia os sons da prisão, os ruídos que vinham de baixo, da cela comum, os passos dos guardas no corredor, o bater das horas; ao mesmo tempo, ele a via com seu olhar dócil, que triunfara sobre ele já quando se encontraram na rua, e via seu pescoço, magro e enrugado, que ele havia cortado; ouvia sua voz meiga, lamentosa e ceceosa: "*A alma é do outro, mas a morte é sua. Será possível?*". Em seguida, a voz se calava e surgiam os três rostos escuros. Eles surgiam estivesse ele com os olhos abertos ou fechados. Se estivessem fechados, apareciam com mais clareza. Quando Stepan abria os olhos, eles se confundiam com as portas e paredes e aos poucos desapareciam, mas em seguida voltavam a aparecer e aproximavam-se os três, vindo um de cada lado, fazendo caretas e sentenciando: dê cabo, dê cabo. Dá para fazer uma forca, atear fogo. Então, Stepan era atravessado por um tremor e começava a dizer as orações que conhecia: a Ave-Maria e o Pai-Nosso. No começo parecia ajudar.

Ao dizer as orações, ele se lembrava de sua vida; lembrava-se do pai, da mãe, do campo, do cachorro Lobinho, do avô no fogão, dos balanços, nos quais brincava com as crianças, depois lembrava-se das moças e de suas cançõezinhas, dos cavalos e de quando foram roubados, e então pegaram o ladrão e ele o matou a pedradas. Lembrava-se de sua primeira vez na prisão, da saída de lá; do zelador gordo, da esposa do cocheiro, das crianças e depois, novamente, dela. Ficava com calor e, tirando a bata dos ombros, saltava da tarimba e, como uma besta enjaulada, começava a caminhar com passos apressados na pequena cela, para a frente e para trás, movendo-se agilmente ao longo das paredes transpirantes e cinzentas. Recitava outra vez as orações, mas elas já não ajudavam.

Certa noite longa de outono, quando o vento assoviava e zumbia nos canos, depois de andar pela cela ele se sentou na cama e sentiu que não era mais possível lutar, que os rostos escuros não lhe dariam sossego, então sucumbiu a eles. Havia muito que estava de olho no cano do respiradouro da estufa. Se amarrasse-o inteiro, com fios ou fitas finas, não iria escorregar. Mas era preciso planejar a coisa com inteligência. Ele se pôs a trabalhar, e em dois dias havia feito uma tira de pano com os sacos nos quais dormia (quando o guarda entrava, ele cobria a cama com a bata). Amarrou as tiras com nós duplos, para que não se rompessem e aguentassem o peso do corpo. Ele não se atormentou durante os preparativos. Quando estava tudo pronto, ele fez o laço da morte, passou-o ao redor do pescoço, subiu na cama e se enforcou. Tão logo sua língua começou a pular para fora da boca, o nó se desfez e ele caiu. Tendo ouvido o barulho, o guarda apareceu. Chamaram o enfermeiro e levaram-no para o hospital. No dia seguinte, já totalmente recuperado, ele saiu do hospital e foi colocado não em isolamento, mas numa cela comum.

Na cela comum ele vivia com outras vinte pessoas como se estivesse sozinho; não via ninguém, não falava com ninguém, e seu tormento continuava. Era-lhe especialmente difícil quando todos dormiam, e ele, acordado, a via, ouvia sua voz, como antes, depois os rostos escuros com seus olhos terríveis voltavam a aparecer e a provocá-lo.

Como antes, ele dizia as orações e, também como antes, elas não ajudavam.

Certa vez, depois das orações, ela voltou a aparecer para ele; ele começou a rezar por ela, por sua alminha, para que ela o deixasse, o perdoasse. E pela manhã, quando lançou-se sobre o colchão de saco, ele caiu num sono profundo; sonhou que ela, com seu pescoço magro, enrugado e cortado, vinha ter com ele.

— E então, perdoa?

Ela olhou para ele com seu olhar dócil e não disse nada.

— Perdoa?

Perguntou uma terceira vez. Mas ela continuou em silêncio. Ele despertou. Desde então, passou a se sentir melhor, como se tivesse voltado a si, olhou ao redor e pela primeira vez começou a se aproximar e a falar com seus companheiros de cela.

III

Na mesma cela de Stepan estavam Vassili, que novamente havia sido preso por roubo e condenado ao exílio, e Tchúiev, também condenado ao degredo. Vassili passava o tempo todo ora entoando canções com sua bela voz, ora contando suas peripécias aos colegas. Tchúiev ora trabalhava, costurava vestimentas ou roupa de cama, ora lia o Evangelho e os Salmos.

À pergunta de Stepan sobre o motivo de seu exílio, Tchúiev explicou que fora exilado devido à sua fé verdadeira em Cristo, porque os popes embusteiros não eram capazes de ouvir o espírito da gente que vive segundo o Evangelho e a denunciava. Então, quando Stepan perguntou a

Tchúiev em que consistia a lei do Evangelho, ele explicou que a lei do Evangelho consiste em não rezar para deuses feitos pela mão do homem, mas adorar com espírito e verdade. Contou como descobrira a fé genuína, com o alfaiate sem perna durante a partilha da terra.

— E o que será feito das más ações? — perguntou Stepan.

— Está tudo dito.

E Tchúiev leu para ele:

"Quando o Filho do Homem voltar na sua glória e todos os anjos com ele, se sentará no seu trono glorioso. Todas as nações se reunirão diante dele e ele separará uns dos outros, como o pastor separa as ovelhas dos cabritos. Colocará as ovelhas à sua direita e os cabritos à sua esquerda. Então, o Rei dirá aos que estão à direita: 'Vinde, benditos de meu Pai, tomai posse do Reino que vos está preparado desde a criação do mundo, porque tive fome e me destes de comer; tive sede e me destes de beber; era peregrino e me acolhestes; nu e me vestistes; enfermo e me visitastes; estava na prisão e viestes a mim'. Os justos lhe perguntarão: 'Senhor, quando foi que te vimos com fome e te demos de comer, com sede e te demos de beber? Quando foi que te vimos peregrino e te acolhemos, nu, e te vestimos? Quando foi que te vimos enfermo ou na prisão e te fomos visitar?'. Responderá o Rei: 'Em verdade eu vos declaro: todas as vezes que fizestes isso a um destes meus irmãos mais pequeninos, foi a mim mesmo que o fizestes'. Ele se voltará em seguida para os da sua esquerda e lhes dirá: 'Retirai-vos de mim, malditos! Ide para o fogo eterno destinado ao demônio e aos seus anjos. Porque tive fome e não me destes de comer; tive sede e não me destes de beber; era peregrino e não me acolhestes; nu e não me vestistes; enfermo e na prisão e não me visitastes'.

"Também estes lhe perguntarão: 'Senhor, quando foi que te vimos com fome, com sede, peregrino, nu, enfermo, ou na prisão e não te socorremos?'. E ele responderá: 'Em verdade eu vos declaro: todas as vezes que deixastes de fazer isso a um destes pequeninos, foi a mim que o deixastes de fazer'. 'E estes irão para o castigo eterno, e os justos, para a vida eterna.'"[16]

Vassili, que estava sentado no chão de frente para Tchúiev e ouvia a leitura, assentiu com sua bela cabeça em sinal de aprovação.

— Correto — disse em tom resoluto —, suplício eterno a esses malditos que não alimentam ninguém, e se empanturram eles mesmos. É o que merecem. Deixa que eu leio — acrescentou, desejando gabar-se de sua leitura.

— Mas e perdão, será que não haverá? — perguntou Stepan, e em silêncio inclinou a cabeça cabeluda para ouvir a leitura.

— Calma, cale-se — disse Tchúiev para Vassili, que falava sobre os ricos que não alimentavam os velhos nem visitavam os presos. — Espere, ora essa — repetiu Tchúiev, folheando o Evangelho. Ao encontrar o que procurava, Tchúiev alisou as folhas com sua mão grande e forte, que havia embranquecido na prisão.

"Eram conduzidos ao mesmo tempo dois malfeitores para serem mortos com Jesus.

"Chegados que foram ao lugar chamado Calvário, ali o crucificaram, como também os ladrões, um à direita e outro à esquerda.

"E Jesus dizia: 'Pai, perdoa-lhes; porque não sabem o que fazem'.

"Eles dividiram as suas vestes e as sortearam.

"A multidão conservava-se lá e observava. Os príncipes dos sacerdotes escarneciam de Jesus, dizendo: 'Salvou a outros, que se salve a si próprio, se é o Cristo, o escolhido de Deus!'.

---

[16] Mateus 25, 31-46. (N. da T.)

"Do mesmo modo zombavam dele os soldados. Aproximavam-se dele, ofereciam-lhe vinagre e diziam: 'Se és o rei dos judeus, salva-te a ti mesmo'.

"Por cima de sua cabeça pendia esta inscrição: 'Este é o rei dos judeus'.

"Um dos malfeitores, ali crucificados, blasfemava contra ele: 'Se és o Cristo, salva-te a ti mesmo e salva-nos a nós!'.

"Mas o outro o repreendeu: 'Nem sequer temes a Deus, tu que sofres no mesmo suplício? Para nós isto é justo: recebemos o que mereceram os nossos crimes, mas este não fez mal algum'.

"E acrescentou: 'Jesus, lembra-te de mim, quando tiveres entrado no teu Reino!'.

"Jesus respondeu-lhe: 'Em verdade te digo: hoje estarás comigo no paraíso'."[17]

Stepan nada disse, permanecia pensativo, como se estivesse ouvindo, mas já não ouviu nada do que Tchúiev leu a seguir.

"Isso é a verdadeira fé", pensou. "Salvam-se apenas os que deram de comer e de beber aos pobres, que visitaram os presos, para o inferno vão aqueles que não fizeram isso. O bandido só se arrependeu na cruz e, mesmo assim, foi para o paraíso." Ele não via nisso nenhuma contradição. Pelo contrário, uma coisa corroborava a outra: o fato de que os piedosos vão para o paraíso e os ímpios vão para o inferno significava que todos deviam fazer o bem, e o fato de Cristo ter perdoado o bandido significava que Cristo era piedoso. Tudo aquilo era absolutamente novo para Stepan; mas a única coisa que o surpreendia era o fato de aquilo ser-lhe até então desconhecido. Ele passava todo o seu tempo livre com Tchúiev, fazendo perguntas e ouvindo. E ao ouvir, compreendia. Fora-lhe revelado o sentido geral do ensinamento de que as pessoas são irmãs, de que é preciso amar e compadecer-se

---

[17] Lucas 23, 32-43. (N. da T.)

do próximo, e então tudo será bom para todos. E quando ele ouvia, compreendia, como se fosse alguma coisa conhecida e esquecida, tudo o que confirmava o sentido geral daquele ensinamento, e aquilo que não confirmava ele deixava passar, atribuindo a isso sua falta de compreensão.

A partir de então, Stepan se tornou outro homem.

IV

Desde antes Stepan Pelaguêiuchkin era pacífico, mas nos últimos tempos a mudança ocorrida nele deixava estupefatos os encarregados, os guardas e os camaradas. Ele fazia o trabalho mais pesado sem que fosse obrigado, mesmo não sendo a sua vez, inclusive a limpeza dos baldes de dejetos. Não obstante toda a sua docilidade, os companheiros temiam-no e respeitavam-no, conhecedores que eram de sua firmeza e grande força física, especialmente depois de dois vagabundos terem-no atacado, ao que ele revidou quebrando o braço de um. Os vagabundos estavam jogando com um preso jovem e endinheirado e arrancaram-lhe tudo. Stepan saiu em defesa dele e tomou o dinheiro ganho daqueles. Os vagabundos começaram a xingar e depois a bater nele, mas ele subjugou os dois. Quando o encarregado indagou sobre o motivo da briga, os vagabundos declararam que foi Pelaguêiuchkin quem começou batendo neles. Stepan não se justificou e aceitou submisso a punição de três dias de reclusão e a transferência para uma cela isolada.

O isolamento era difícil para ele, pois afastava-o de Tchúiev e do Evangelho, além do que, ele temia a volta das visões dela e dos rostos escuros. Porém, não houve visões. Sua alma estava plena de um conteúdo novo e jubiloso. Teria até ficado feliz com a reclusão caso soubesse ler e tivesse o Evangelho consigo. E teriam lhe dado o Evangelho, mas ele não sabia ler.

Ainda criança, ele começara a aprender à moda antiga — a, bê, cê, dê —, mas por incapacidade não foi além do alfabeto e nunca conseguiu entender as sílabas, de modo que acabou ficando iletrado. Agora resolvera aprender, e pediu o Evangelho ao guarda. O guarda trouxe, e ele começou o trabalho. As letras ele reconhecia, mas não era capaz de combiná-las. Por mais que se batesse para entender como as letras formavam palavras, não saía nada. Ele não dormia à noite, ficava pensando, não queria comer, e foi acometido por tamanho desespero que não conseguia livrar-se dele.

— E aí, nada ainda? — perguntou-lhe certa vez o guarda.

— Nada.

— E o Pai-Nosso, conhece?

— Conheço.

— Então leia. Aqui — e o guarda mostrou-lhe o Pai-Nosso no Evangelho.

Stepan começou a ler o Pai-Nosso comparando as letras conhecidas com os sons conhecidos. De repente revelou-se o segredo do arranjo das letras, e ele começou a ler. Foi uma grande alegria. Dali em diante ele passou a ler, e o sentido daquelas palavras formadas que aos poucos e a muito custo depreendia, ganhava um significado ainda maior.

Agora a solidão não oprimia, mas alegrava Stepan. Ele estava preenchido por sua atividade e não se alegrou quando, para liberar espaço para os recém-chegados presos políticos, transferiram-no de volta para a cela comum.

V

Agora não era Tchúiev, mas Stepan quem lia o Evangelho na cela, e, enquanto alguns presos cantavam canções obscenas, outros escutavam sua leitura e suas palavras sobre o que fora lido. Dois deles ouviam em silêncio e com atenção:

Makhórkin, assassino condenado e carrasco, e Vassili, que fora pego roubando e esperava o julgamento naquela mesma prisão. Makhórkin havia cumprido sua obrigação de carrasco duas vezes durante a detenção, ambas as vezes em outra localidade, já que não encontravam quem cumprisse a sentença do juiz. Os camponeses que haviam assassinado Piotr Nikoláitch foram julgados pelo tribunal militar e dois deles foram condenados à pena de morte por enforcamento.

Makhórkin foi enviado a Penza para cumprir sua função. Em outros tempos ele teria imediatamente escrito — sabia ler e escrever bem — uma carta ao governador, na qual explicaria que estava sendo enviado a Penza a trabalho, e por isso pedia ao chefe da província que lhe fosse designada uma ajuda de custo em dinheiro para a alimentação; agora, porém, para surpresa do chefe da prisão, ele anunciou que não viajaria e não voltaria a realizar seu trabalho de carrasco.

— Se esqueceu do açoite? — gritou o chefe da prisão.

— Uma coisa é o açoite, mas lei que permita matar não existe.

— O que é isso, juntou-se ao Pelaguêiuchkin? Arrumaram um profeta na prisão. Vocês que aguardem!

VI

Nesse meio-tempo, Mákhin, o estudante que ensinara a falsificar o cupom, terminou os estudos no colégio e o curso de direito na universidade. Graças ao seu sucesso com as mulheres, e com a ajuda da ex-amante de um assistente idoso do ministro, ele foi designado ainda jovem para o posto de investigador judicial. Era um sujeito que não honrava suas dívidas, sedutor de mulheres e jogador inveterado, mas era também hábil, sagaz, tinha boa memória e sabia conduzir bem os processos.

Era o investigador judicial da comarca onde Stepan Pelaguêiuchkin estava sendo julgado. Já no primeiro interrogatório Stepan deixou-o surpreso com suas respostas simples, verdadeiras e serenas. Mákhin sentia inconscientemente que o homem que tinha diante de si, com grilhões e cabeça raspada, a quem haviam trazido acorrentado, e que era vigiado e conduzido por dois soldados, era um homem completamente livre, que encontrava-se numa posição moralmente superior, inalcançável para ele. Por isso, ao interrogá-lo, tentava constantemente manter o ânimo e estimulava-se de modo a evitar tropeços ou embaraços. Impressionava-o que Stepan falasse de seu caso como se fosse algo ocorrido há muito tempo, feito não por ele, mas por alguma outra pessoa.

— E você não teve pena deles? — perguntou Mákhin.
— Não tive. Na época, eu não entendia.
— Bom, e agora?
Stepan sorriu com tristeza.
— Agora eu não faria aquilo nem que me queimassem vivo.
— E por quê?
— Porque compreendi que somos todos irmãos.
— Como assim, eu também sou seu irmão?
— Mas é claro!
— E eu estou mandando um irmão para os trabalhos forçados?
— É porque não entende.
— E o que é que eu não entendo?
— Se julga é porque não entende.
— Bem, continuemos. Para onde você foi depois?

O que mais impressionou Mákhin foi a influência de Pelaguêiuchkin, da qual ficara sabendo pelo encarregado, sobre o carrasco Makhórkin, que, correndo o risco de ser punido, recusou-se a cumprir seu dever.

VII

Numa reunião na casa dos Erópkin, onde havia duas senhoritas — jovens e ricas pretendentes, ambas cortejadas por Mákhin —, depois de cantar romanças, nas quais sua aptidão musical se destacava especialmente — ele tanto fazia uma magnífica segunda voz como acompanhava —, Mákhin falou de modo fiel e detalhado, pois tinha ótima memória, e com total indiferença, sobre o estranho criminoso que convertera o carrasco. Mákhin se lembrava bem e era capaz de transmitir tudo, pois era sempre indiferente em relação às pessoas com quem lidava. Ele não penetrava, não era capaz de penetrar, o estado da alma de outrem, e por isso conseguia guardar tão bem na memória tudo o que se passava com as pessoas, tudo o que faziam e diziam. Mas Pelaguêiuchkin despertou-lhe interesse. Ele não penetrou na alma de Stepan, mas involuntariamente se perguntava o que havia em sua alma. Sem encontrar resposta, mas sentindo tratar-se de algo interessante, contou o caso todo naquela noite: falou do desencaminhamento do carrasco, do relato do guarda sobre o comportamento estranho de Pelaguêiuchkin, de como ele lia o Evangelho, além da forte influência que exercia sobre os companheiros.

Todos se interessaram pelo relato de Mákhin, ainda mais a menorzinha, Liza Erópkina, uma jovem de dezoito anos, recém-egressa do instituto; ela acabara de se dar conta das trevas e da estreiteza das condições falsas nas quais havia sido criada, e sentia que estava voltando à superfície, a respirar avidamente o ar fresco da vida. Ela interrogou Mákhin sobre os detalhes e sobre como tal mudança havia se operado em Pelaguêiuchkin; Mákhin reportou aquilo que ouvira de Stepan sobre o último assassinato, sobre como a docilidade, a resignação e a ausência de medo da morte daquela mulher tão bondosa, a que ele matou por último, haviam triunfado sobre ele, aberto os seus olhos, e como, depois, a leitura do Evangelho terminara o trabalho.

Liza Erópkina ficou acordada por muito tempo aquela noite. Nela ocorria já há alguns meses uma luta entre a vida na alta sociedade, para a qual era arrastada por sua irmã, e a paixão por Mákhin, aliado ao desejo de emendá-lo. Agora este último estava vencendo. Ela já ouvira falar da mulher assassinada. Então, depois daquela morte terrível, e do relato de Mákhin a partir das palavras de Pelaguêiuchkin, ela descobriu todas as minúcias da história de Maria Semiônovna e ficou impressionada com o que ficou sabendo.

Liza desejou apaixonadamente ser aquela Maria Semiônovna. Ela era rica, temia que Mákhin a estivesse cortejando por causa de seu dinheiro. Decidiu, então, repartir sua propriedade e contar o fato para Mákhin.

Mákhin ficou feliz com a oportunidade de demonstrar seu desprendimento e disse a Liza que a amava não pelo dinheiro, e que se comovia com o que considerava ser uma decisão generosa. Enquanto isso, Liza começou uma batalha com sua mãe (a propriedade era do pai), que não permitia a partilha da terra. Mákhin ajudou Liza. E quanto mais ele agia assim, mais compreendia as aspirações espirituais que enxergava em Liza, e que eram-lhe até então completamente estranhas.

VIII

Na cela tudo estava calmo. Stepan estava reclinado em seu lugar na tarimba, mas ainda não dormia. Vassili se aproximou e, puxando-o pela perna, piscou para que o outro se levantasse e saísse com ele. Stepan desceu da tarimba e foi ter com Vassili.

— Então, irmão — disse Vassili —, pode dar um jeito de me ajudar?

— Ajudar em quê?

— É que eu quero fugir.

Vassili revelou a Stepan que estava com tudo pronto para a fuga.

— Amanhã vou armar uma confusão com eles — apontou para os que estavam deitados. — Eles vão me acusar. Vão me levar para cima e lá já sei o que fazer. Você só tem que soltar o ferrolho da morgue.

— Isso dá para fazer. E para onde vai?

— Para onde os olhos apontarem. Gente ruim tem em toda parte.

— Isso é verdade, mas não cabe a nós julgá-los.

— E por acaso eu sou algum matador? Não matei uma alma sequer, só roubei. Que mal tem nisso? Por acaso eles não roubam os nossos irmãos?

— Isso é coisa deles. Vão ter que responder.

— E ainda tenho que ficar olhando o focinho deles? Já depenei uma igreja. Que mal isso causou? Agora não quero saber de lojinha, mas de afanar um tesouro e distribuir. Distribuir para pessoas boas.

Naquele momento um preso se levantou da tarimba e começou a escutar. Stepan e Vassili foram cada um para um lado.

No dia seguinte, Vassili fez o que queria fazer. Começou a reclamar que o pão estava mofado, incitou os outros presos a chamar o guarda e prestar queixa. O guarda veio, distribuiu xingamentos a todos e, ao tomar conhecimento de que o artífice de tudo aquilo era Vassili, mandou-o para uma cela isolada, no andar superior.

Era exatamente disso que Vassili precisava.

IX

Vassili conhecia a cela do andar de cima, para a qual fora enviado. Conhecia o assoalho e, assim que chegou lá, começou a quebrar o piso. Quando já era possível se enfiar debaixo do assoalho, abriu o forro e pulou para o andar de baixo, onde ficava a morgue. Naquele dia havia um cadáver sobre a mesa. Ali eram guardados os sacos dos colchões de palha. Vassili sabia disso e por isso contava com aquele lugar. O ferrolho da porta que dava para aquela câmara estava solto, apenas encaixado. Vassili saiu pela porta e foi até o banheiro no final do corredor. Ali havia um buraco que ia do terceiro andar ao porão. Tateando a porta, Vassili voltou à morgue, tirou o pano que cobria o cadáver frio como gelo (tocou sua mão enquanto retirava o tecido), depois pegou os sacos e amarrou-os com nós, de modo a formar uma corda, então levou a corda feita de sacos até o banheiro; lá amarrou a corda a uma barra e desceu por ela. A corda não alcançava o chão. Se faltava muito ou pouco, não sabia, mas não havia o que fazer, e ele ficou pendurado e saltou. Machucou as pernas, mas conseguia andar. No porão havia duas janelas. Seria possível passar por elas se as grades não fossem de ferro. Precisava quebrá-las. Mas como? Vassili começou a vasculhar. No porão havia pedaços de tábua. Encontrou um que tinha a ponta afiada e começou a arrancar os tijolos que seguravam as grades. Trabalhou por muito tempo. Já era a segunda vez que os galos cantavam, e a grade continuava lá. Por fim, um dos lados se soltou. Vassili enfiou o pedaço de tábua e a grade se soltou toda, mas um tijolo caiu e fez um estrondo. Os guardas ouviram. Vassili congelou. Tudo estava em silêncio. Ele trepou na janela. Escapou. Para fugir, precisava pular o muro. No canto do pátio havia um anexo. Era preciso se arrastar até esse anexo e, ali, atravessar o muro. Precisava levar consigo o pedaço de tábua. Sem ele não daria para subir. Vassili se arrastou de volta. O guarda, como ele havia imaginado, caminhava do outro lado do pátio. Vassili se aproximou do anexo, apoiou a tábua e trepou. A tábua escorregou e caiu. Vassili estava de meias. Tirou-as para que os pés aderissem melhor, colocou novamente a tábua, pulou nela e se agarrou na calha. — "Paizinho, não desprenda, aguente firme." — Ele se segurou na calha e levou o joelho ao telhado. O guarda estava vindo. Vassili ficou deitado, congelado. O guarda não o viu e se afastou novamente. Vassili saltou. O ferro estrepitou sob seus pés. Mais um ou dois passos e alcançaria o muro. Dava para alcançá-lo com a mão. Uma mão, outra, esticou-se inteiro e tocou o muro. Só não podia se machucar ao saltar. Vassili virou-se, ficou pendurado, esticou-se, soltou uma mão, depois a outra — "Abençoa, Senhor!" — e chegou no solo. E o solo era macio. As pernas estavam inteiras, então ele correu.

No subúrbio da cidade, Malánia abriu-lhe a porta, e ele se enfiou debaixo de um cobertor quente feito de retalhos e que exalava cheiro de suor.

X

Grande, bela e sempre calma, sem filhos e roliça como uma vaca estéril, a esposa de Piotr Nikoláitch viu pela janela seu marido ser morto e arrastado pelo campo. O sentimento de horror experimentado por Natália Ivánovna (assim se chamava a viúva de Piotr Nikoláitch) ao ver aquele espancamento, como sempre ocorre, foi tão forte que lhe abafou quaisquer outros sentimentos. Quando toda a multidão se escondeu atrás da cerca do jardim e o ruído das vozes cessou, quando Malánia, a moça que ali servia, chegou correndo descalça, de olhos saltados, contando, como se fosse algo alegre, que haviam matado Piotr Nikoláitch e o arremessado barranco abaixo, uma outra coisa começou a se distinguir por trás do sentimento inicial de horror: um sentimento de alegria por estar liberta daquele déspota dos olhos cobertos por óculos negros, que por dezenove anos a mantivera em escravidão. Ela mesma se apavorou com esse sentimento, não confessava-o nem para si, tampouco externava-o para quem quer que fosse. Quando lavaram o corpo desfigurado, amarelo e peludo, quando vestiram-no e puseram-no no caixão, ela se horrorizou, chorou e soluçou. Quando um investigador para assuntos de extrema importância se apresentou e começou a interrogá-la na condição de testemunha, ela viu ali mesmo, na sala do investigador, dois camponeses acorrentados, identificados como os principais culpados. Um já era idoso e tinha uma longa barba branca encaracolada, sua feição era tranquila, austera e bela; o outro tinha compleição de cigano, não era velho, tinha olhos negros e brilhantes e cabelos crespos eriçados. Ela afirmou que os conhecia, identificou nessas pessoas aqueles que primeiro agarraram Piotr Nikoláitch e, embora o mujique que parecia um cigano movesse os olhos faiscantes sob as sobrancelhas agitadas, dizendo em tom de censura: "É pecado, senhora! Lembre-se de que vamos todos morrer um dia!", ela não teve nenhuma pena deles. Pelo contrário, durante o inquérito surgiu nela um sentimento de rancor e o desejo de vingar a morte do marido.

Mas quando, um mês depois, o caso foi transferido para o tribunal militar e resolvido com a condenação de oito homens a trabalhos forçados e dois — o velho de barba branca e o cigano moreno, como era chamado — à forca, ela começou a sentir algo desagradável. Mas essa dúvida desagradável logo passou, sob influência da solenidade jurídica. Se o chefe supremo considerou que era necessário, então quer dizer que está certo.

A execução deveria acontecer no vilarejo. Voltando da missa de domingo, trajando vestido novo e sapatos novos, Malánia comunicou à senhora que a forca estava sendo construída e o carrasco devia chegar de Moscou na quarta-feira; contou ainda que as famílias pranteavam sem cessar, dava para ouvir em todo o vilarejo.

Natália Ivánovna não saiu de casa para não ver nem a forca nem o povo, e só desejava uma coisa: que aquilo que tinha de ser acabasse o quanto antes. Pensava apenas em si mesma, e não nos condenados ou em seus familiares.

XI

Na terça-feira, o comissário da polícia local, conhecido de Natália Ivánovna, veio visitá-la. Ela lhe serviu vodca e uma conserva de cogumelos que preparara. Depois de beber a vodca e degustar os cogumelos, o comissário informou que a execução ainda não seria no dia seguinte.

— Como? Por quê?

— Uma história incrível. Não conseguiram encontrar um carrasco. Havia um em Moscou, mas ele, segundo meu filho, deu para ler o Evangelho e disse: não posso matar. Ele mesmo fora condenado a trabalhos forçados por assassinato, e eis que de repente não pode matar cumprindo a lei. Disseram-lhe que ele seria açoitado. "Pois que açoitem", disse ele, "mas eu não posso."

Súbito Natália Ivánovna enrubesceu, e só de pensar naquilo ela começou a transpirar.

— Não é possível perdoá-los agora?

— Perdoar como, se quem condenou foi o juiz? Só o tsar pode perdoar.

— Mas o tsar vai ficar sabendo disso?

— Eles têm direito de pedir indulto.

— Mas eles estão sendo condenados por minha causa — disse a tola Natália Ivánovna. — E eu os perdoo.

O comissário caiu na risada.

— Então peça o indulto!

— É possível?

— Claro que sim.

— Será que dá tempo?

— Pode ser por telegrama.

— Para o tsar?

— Pode ser para o tsar, sim.

A notícia de que o carrasco se recusara e estava disposto a sofrer antes de matar provocou uma súbita reviravolta na alma de Natália Ivánovna, e aquele sentimento de compaixão e horror, que se insinuara algumas vezes, irrompeu e a arrebatou.

— Meu caro Filipp Vassílievitch, escreva-me um telegrama. Quero pedir o indulto ao tsar.

O comissário balançou a cabeça.

— Será que não teremos problema com isso?

— A responsabilidade é minha. Não mencionarei o senhor.

"Ora, que mulher bondosa", pensou o comissário rural, "uma ótima mulher. Ai, se a minha também fosse assim, seria o paraíso, e não como é agora."

E o comissário escreveu o telegrama ao tsar: "À Vossa Majestade Imperial, o Imperador Soberano. A fiel súdita de Vossa Majestade Imperial, viúva do assessor colegial Piotr Nikoláievitch Sventítski, morto por camponeses, coloca-se aos pés sagrados (esse trecho do telegrama agradou em especial o comissário que o compunha) de Vossa Majestade Imperial e implora pelo perdão aos camponeses tal e tal, condenados à pena de morte, da província tal, distrito, comarca, vilarejo...".

O telegrama foi enviado pelo próprio comissário rural, e a alma de Natália Ivánovna ficou alegre e bem-disposta. Parecia-lhe que se ela, a viúva do morto, perdoara e pedia o indulto, o tsar não podia deixar de concedê-lo.

XII

Liza Erópkina vivia em incessante estado de euforia. Quanto mais avançava pelo caminho recém-descoberto da vida cristã, mais certa ficava de que o caminho era verdadeiro, e mais alegre ficava a sua alma.

Tinha agora dois objetivos imediatos: o primeiro era converter Mákhin, ou melhor, como ela dizia consigo, fazê-

-lo voltar a si, à sua natureza bondosa e magnífica. Ela o amava, e sob a luz de seu amor foi-lhe revelado o caráter divino da alma dele, que era comum a todas as pessoas, mas nesse princípio da vida comum a todos ela via a bondade peculiar a ele, sua ternura e sua elevação. O outro objetivo era deixar de ser rica. Ela desejava livrar-se de seus haveres para pôr Mákhin à prova, e também para si mesma, por sua alma, e queria fazê-lo seguindo as palavras do Evangelho. Ela começou a distribuir seus bens, mas detiveram-na o pai e, ainda mais que este, uma multidão de solicitantes, que afluíram pessoalmente e por cartas. Então ela decidiu recorrer a um *stárietz*,[18] que era conhecido por sua vida santa, para que ele dispusesse do dinheiro dela como bem entendesse. Ao tomar conhecimento disso, o pai se enfureceu e, numa conversa exaltada com ela, chamou-a de louca, de psicótica, e afirmou que tomaria medidas para protegê-la, louca que estava, de si mesma.

O tom encolerizado e irritadiço do pai a feriu, e ela não conseguiu voltar a si antes de irromper em pranto e proferir grosserias contra ele, chamando-o de déspota e até de ganancioso.

Ela pediu desculpas ao pai, e este disse que não estava bravo, mas ela via que ele estava, sim, ofendido, e que no fundo de sua alma não a perdoara. Não queria contar nada para Mákhin. A irmã, enciumada de sua relação com Mákhin, afastou-se completamente. Ela não tinha com quem dividir seus sentimentos nem a quem se confessar.

"Preciso me confessar com Deus", disse consigo, e, como era a época da Quaresma, decidiu jejuar, contar tudo ao confessor e pedir-lhe conselhos sobre como agir dali em diante.

---

[18] Monge ancião que serve de mentor espiritual a outros religiosos. (N. da T.)

Não longe da cidade ficava o mosteiro onde vivia o *stárietz*, que era famoso por sua vida, seus ensinamentos, e pelas profecias e curas a ele atribuídas.

O *stárietz* recebera uma carta do velho Erópkin alertando-o sobre a chegada da filha e sobre seu estado alterado e exaltado; a carta expressava ainda a convicção de que o *stárietz* a colocaria no caminho correto do meio-termo, da boa vida cristã, sem violar as condições existentes.

Cansado de receber pessoas, o *stárietz* acolheu Liza e, com tranquilidade, começou a incutir-lhe moderação, submissão às condições existentes, aos pais. Liza permanecia calada, enrubescia e transpirava; quando ele terminou, ela, com lágrimas nos olhos, começou a falar, a princípio com timidez, daquilo que dissera Cristo: "Deixe seu pai e sua mãe, e me siga", depois foi se animando cada vez mais, e manifestou toda a sua compreensão sobre o cristianismo. De início, o *stárietz* sorriu e replicou com um sermão comum, mas depois calou e pôs-se a suspirar, repetindo: "Oh, senhor".

— Está bem, então, venha amanhã se confessar — disse ele, e deu-lhe a bênção com sua mão enrugada.

No dia seguinte, ele tomou sua confissão e a dispensou, sem retomar a conversa do dia anterior e recusando-se sucintamente a dispor de seus bens.

O *stárietz* ficou impressionado com a pureza e a fidelidade absoluta à vontade de Deus e o ímpeto daquela moça. Havia muito ele queria renegar o mundo, mas o mosteiro exigia que ele continuasse sua atividade. Essa atividade garantia recursos ao mosteiro. E ele concordou, embora sentisse a completa falsidade da posição em que se encontrava. Haviam feito dele um santo, um milagreiro, e ele era fraco, um homem que se deixara seduzir pela fama. E a alma daquela garota, ao revelar-se, fez com que a sua própria alma se revelasse. E ele viu como estava longe daquilo que queria ser e daquilo que fazia seu coração bater.

Logo depois da visita de Liza ele se enclausurou, e só

depois de três semanas saiu para ir à igreja, onde celebrou a missa e depois proferiu um sermão no qual se retratava, denunciava os pecados do mundo e conclamava todos ao arrependimento.

A cada duas semanas ele fazia um sermão. E cada vez mais gente vinha, de toda parte, para ouvi-lo. Sua fama como pregador se espalhava mais e mais. Havia algo de especial, ousado e franco em seus sermões. Por isso o efeito sobre as pessoas era tão forte.

XIII

Enquanto isso, Vassili fazia tudo como queria fazer. Invadiu com seus parceiros a casa de Krasnopúzov, um ricaço. Ele sabia que este era um libertino avarento, e enfiou-se no escritório, de onde arrancou uma quantia de trinta mil. E Vassili fazia como queria. Até parou de beber e passou a doar dinheiro para as noivas pobres. Cuidava dos casamentos, pagava os dotes e se escondia. Sua única preocupação era distribuir bem o dinheiro. Até para a polícia ele doava. E não era procurado.

Seu coração estava alegre. Quando mesmo assim acabou sendo pego, ele riu diante do juiz e se gabou, disse que "o dinheiro do barriga gorda[19] estava mal-empregado, que aquele lá já tinha perdido a conta de quanto tinha, ao passo que eu, sim, soube usá-lo, ajudei pessoas boas com ele".

Sua defesa foi tão animada, tão bem-intencionada, que por pouco o júri não o absolveu. Condenaram-no ao exílio.

Ele agradeceu e já adiantou que fugiria.

---

[19] Referência ao nome Krasnopúzov, "barriga vermelha" em russo. (N. da T.)

XIV

O telegrama de Sventítskaia ao tsar não surtiu qualquer efeito. Na Comissão de Petições decidiram inicialmente nem informar o tsar a respeito, mas depois, quando, no desjejum, o soberano começou o assunto sobre Sventítski, o diretor que fazia a refeição com o soberano informou sobre o telegrama enviado pela esposa do assassinado.

— *C'est très gentil de sa part*[20] — disse uma das damas da família imperial.

O soberano suspirou, encolheu os ombros com dragonas e disse: "À lei" — e ergueu a taça, na qual o camareiro serviu um espumante de Moselle. Todos fingiram surpresa com a sabedoria das palavras ditas pelo soberano. E nada mais se falou sobre o telegrama. E os dois mujiques — o velho e o jovem — foram enforcados com a ajuda de um cruel assassino trazido de Kazan, um carrasco tártaro que se deitava com animais.

A velha quis vestir o corpo de seu velho com uma camisa branca, enrolar suas pernas com faixas brancas e botas novas, mas não permitiram, e os dois foram enterrados na mesma cova, fora dos limites do cemitério.

— A princesa Sófia Vladímirovna me contou que ele é um pregador admirável — disse certa vez a mãe do soberano, a velha imperatriz, a seu filho: *Faites le venir. Il peut prêcher à la cathédral.*[21]

— Não, melhor que seja aqui — disse o soberano, e ordenou que convidassem o *stárietz* Issídor.

Todo o generalato se reuniu na igreja do palácio. Um pregador novo e fora do comum era um acontecimento.

O velhinho magro e grisalho entrou, lançou um olhar

---

[20] Em francês no original: "É muito gentil da parte dela". (N. da T.)
[21] "Mande-o vir. Ele pode pregar na catedral." (N. da T.)

a todos: "Em nome do Pai, do Filho e do Espírito Santo", e começou.

No começo tudo correu bem, mas foi piorando conforme avançava. "*Il devenait de plus en plus agressif*",[22] como diria, depois, a imperatriz. Ele fulminou todos eles. Falou das execuções. E atribuiu a necessidade de execuções ao mau governo. Será possível, num país cristão, matar pessoas?

Todos se entreolhavam, pensavam apenas na inconveniência, em quão desagradável aquilo estaria sendo para o soberano, mas ninguém o manifestou. Quando Issídor disse "Amém", o metropolita se aproximou dele e pediu que viesse vê-lo.

Depois de uma conversa com o metropolita e o procurador-chefe do Sínodo, o velho foi imediatamente enviado de volta ao mosteiro — não para o seu, mas para o de Súzdal, onde o padre Mikhail era abade e superintendente.

XV

Todos fingiram que não houve nada de desagradável no sermão de Issídor, e ninguém tocou no assunto. As palavras do *stárietz* pareceram não ter deixado nenhum rastro no tsar, mas uma ou duas vezes naquele dia ele se lembrou da execução dos camponeses, cujo indulto Sventítskaia havia solicitado por telegrama. Pela manhã havia um desfile, depois a saída para um passeio, em seguida uma reunião com ministros, depois o almoço e, à noite, teatro. Como de costume, o tsar pegou no sono tão logo encostou a cabeça no travesseiro. De madrugada ele despertou de um pesadelo terrível: num campo havia forcas, nelas se agitavam cadáveres, os cadáveres mostravam a língua, e as línguas se estendiam cada vez mais. Alguém gritava: "É obra tua, é obra tua". O tsar des-

---

[22] "Ele foi ficando cada vez mais agressivo." (N. da T.)

pertou empapado de suor e ficou reflexivo. Pela primeira vez, pensou na responsabilidade que recaía sobre ele, recordou cada palavra dita pelo velhinho...

Contudo, era apenas de longe que ele via a si mesmo como homem, e não conseguia se dedicar às simples demandas do homem devido às demandas que eram apresentadas de todos os lados ao tsar; não tinha forças para reconhecer que as demandas do homem eram mais imperiosas do que as demandas do tsar.

XVI

Depois de cumprir a segunda pena na prisão, Prokófi, antes um janota esperto e cheio de si, saiu de lá um homem totalmente acabado. Ficava sóbrio, não fazia nada e, não importava quanto seu pai o xingasse, ele comia o pão, não trabalhava e ainda fazia de tudo para surrupiar qualquer coisa e levar à taverna para beber. Ficava ali, tossindo, escarrando e cuspindo. O médico que o acompanhava auscultou seu peito e balançou a cabeça.

— Irmão, você está precisando de algo que não tem.
— Claro, é sempre assim.
— Beba leite, não fume.
— Já é época da Quaresma, e não há vacas.

Uma vez, na primavera, ele passou a noite em claro, ficou melancólico e teve vontade de beber alguma coisa. Em casa não havia nada que pudesse pegar. Vestiu o chapéu e saiu. Seguiu pela rua e chegou à casa do pope. O rastelo do sacristão estava encostado na cerca, do lado de fora. Prokófi foi até lá, jogou o rastelo nas costas e começou a carregá-lo para a taverna de Petróvna. "Quem sabe ela não me arruma uma garrafinha." Não conseguiu chegar até lá, pois o sacristão saiu para o alpendre. Como já estava totalmente claro, viu Prokófi levando seu rastelo.

— Ei, você! O que está fazendo?

O povo saiu, agarraram Prokófi e o colocaram numa cela. O juiz de paz condenou-o a onze meses de prisão.

Era outono. Prokófi foi levado para o hospital. Ele tossia, seu peito se dilacerava. Não conseguia se esquentar. Aqueles que eram um pouco mais fortes, contudo, não tremiam. Mas Prokófi tremia dia e noite. O encarregado não gastava lenha e não aquecia o hospital antes de novembro. O corpo de Prokófi padecia, sua alma padecia ainda mais. Tudo lhe era repugnante, ele odiava todos: o sacristão, o encarregado, por não haver aquecimento algum, o guarda, o vizinho de leito, com seus lábios vermelhos e inchados. Odiava também o novo prisioneiro, que haviam trazido. Esse prisioneiro era Stepan. Sofria de erisipela no rosto e foi transferido para o hospital, colocado ao lado de Prokófi. No começo, Prokófi teve ódio dele, mas depois passou a amá-lo tanto que mal podia esperar para falar com ele. Foi só depois da conversa que se aplacou a melancolia que tomava o coração de Prokófi.

Stepan sempre contava a todos sobre seu último assassinato e sobre como aquilo o impactara.

— Não gritou nem nada — dizia —, e ela: "Degole. Tenha pena, não de mim, mas de si mesmo".

— Bem, é claro que desgraçar uma alma é terrível; uma vez fui abater um carneiro e não fiquei nada feliz. Não desgracei ninguém, em compensação, esses canalhas me desgraçaram. Não fiz mal a ninguém...

— Mas isso tudo conta.

— Conta onde?

— Como assim, onde? Com Deus.

— Pois eu nunca o vi. Não acredito, irmão. Acho que quando morrer vou virar adubo de grama. E pronto.

— Acha mesmo? Eu acabei com tantas almas; já ela, amorosa, só ajudava as pessoas. Acha que nossos destinos serão iguais? Não, espere só...

O cupom falso

— Então você pensa que vai morrer e a alma vai continuar?

— Isso mesmo. Isso é certo.

A convalescência era difícil para Prokófi, ele respirava a custo. Mas na última hora, de repente, ficou mais leve. Chamou Stepan.

— Adeus, irmão. Parece que a morte chegou. Antes tinha medo, agora nada. Só quero que seja rápido.

E Prokófi morreu no hospital.

XVII

Enquanto isso, o negócio de Ievguêni Mikháilovitch ia de mal a pior. A loja foi hipotecada. Não vendia. Outra loja tinha sido inaugurada na cidade, e tinha os juros. Precisou novamente emprestar a juros. Terminou que a loja e toda a mercadoria foram colocadas à venda. Ievguêni Mikháilovitch e sua esposa pediram em toda parte, mas não conseguiram os quatrocentos rublos necessários para salvar o negócio.

Havia uma pequena esperança com o comerciante Krasnopúzov, cuja amante era conhecida da esposa de Ievguêni Mikháilovitch. Agora a cidade inteira sabia que haviam roubado uma grande quantia de Krasnopúzov. Diziam que chegava a meio milhão.

— E sabe quem foi que roubou? — disse a esposa de Ievguêni Mikháilovitch. — Vassili, nosso antigo zelador. Dizem que agora está distribuindo o dinheiro e até subornou a polícia.

— Era um patife — disse Ievguêni Mikháilovitch. — Como foi fácil para ele, na época, prestar falso testemunho. Eu não imaginava.

— Dizem que veio ao nosso pátio. Segundo a cozinheira, era ele. Ela diz que ele pagou o casamento de catorze moças pobres.

— Isso é invenção.

Naquele momento um senhor esquisito, já de idade, vestindo um casaco leve de lã, entrou na loja.

— O que deseja?

— Carta para o senhor.

— De quem?

— Está escrito aí.

— Ora, não precisa de resposta? Espere.

— Não posso.

Depois de entregar o envelope, o sujeito esquisito partiu apressado.

— Que estranho!

Ievguêni Mikháilovitch rasgou o envelope grosso e não acreditou em seus olhos: notas de cem rublos. Quatro. O que é isso? Junto havia uma carta mal escrita endereçada a Ievguêni Mikháilovitch: "O Evangelho diz que precisa de pagar o mal com bem. O senhor fez muito mal pra mim com o cupom e eu humilhei o mujique demais, mas tenho pena de você. Fica com essas quatro catarinas[23] e não esquece do seu zelador Vassili".

— Mas que coisa inacreditável! — disse Ievguêni Mikháilovitch, para a esposa e para si mesmo. E quando se recordava disso, ou quando falava com a esposa a respeito, lágrimas corriam de seus olhos e sua alma se enchia de alegria.

XVIII

Na prisão de Súzdal estavam confinados catorze membros do clero, majoritariamente por terem se desviado da ortodoxia; para lá fora enviado Issídor. O padre Mikhail recep-

---

[23] Assim eram chamadas as notas de cem rublos, que traziam a representação da imperatriz Catarina II. (N. da T.)

cionou Issídor de acordo com as instruções que recebera e, sem trocar uma palavra com ele, ordenou que o colocassem numa cela isolada, como um criminoso importante. Na terceira semana da estada de Issídor na prisão, o padre Mikhail fez a ronda dos detentos. Ao entrar na cela de Issídor, perguntou se este não precisava de algo.

— Preciso de muito, mas não posso dizer na frente dos outros. Permita-me falar com você a sós.

Eles se entreolharam e Mikhail entendeu que não tinha nada a temer. Ordenou que levassem Issídor à sua habitação e, quando ficaram a sós, disse:

— Então, fale!

Issídor caiu de joelhos.

— Irmão! — disse Issídor. — O que está fazendo? Tenha piedade de si. Não há pior vilão do que você, você difamou tudo que é sagrado...

Um mês depois, Mikhail entregou os documentos com a liberação não apenas de Issídor, mas de outros sete por arrependimento, e pediu permissão para se retirar para um mosteiro.

XIX

Passaram-se dez anos.

Mítia Smokóvnikov havia terminado o curso na escola técnica e era um engenheiro com um polpudo salário nas minas de ouro da Sibéria. Precisava viajar para a inspeção de um lote. O diretor sugeriu que ele fosse com o prisioneiro Stepan Pelaguêiuchkin.

— Um prisioneiro? Mas não é perigoso?

— Com este não. É um homem santo. Pergunte a quem quiser.

— E por que foi condenado?

O diretor sorriu.

— Matou seis almas, mas é um homem santo. Eu asseguro.

E Mítia Smokóvnikov aceitou que Stepan, um homem calvo, magro e queimado do sol, o acompanhasse.

No caminho, Stepan cuidou de Smokóvnikov como fazia com todos, o melhor que podia, como se fosse um filho seu, e no caminho contou-lhe toda a sua história. E também como, e por que, e de que vivia agora.

Coisa impressionante. Mítia Smokóvnikov, que até então vivera de bebida, comida, cartas, vinhos e mulheres, pela primeira refletia sobre a vida. E esses pensamentos não o abandonavam, mas se desdobravam cada vez mais em sua alma. Ofereceram-lhe um posto bastante vantajoso. Ele recusou e decidiu comprar terras, casar-se e servir, o melhor que podia, ao povo.

XX

Assim fez. Mas antes foi visitar o pai, com quem tinha uma relação problemática por causa da nova família que este formara. Agora estava decidido a se aproximar do pai. E assim fez. O pai se surpreendeu, riu dele, depois parou de atacá-lo e lembrou-se de muitas e muitas ocasiões em que fora culpado perante ele.

UMA FORMA JUSTA

Priscila Marques

A implacável sede de Tolstói por justiça e pela verdade encontra em O *cupom falso* uma expressividade que, embora se faça sentir em sua prosa anterior, emerge em um grau de condensação talvez inédito, tanto na obra deste autor quanto no cânone literário russo do século XIX. A palavra mais apropriada para caracterizar O *cupom falso* parece ser não justiça, mas *justeza*. Trata-se da busca de Tolstói por aquilo que é justo e, ao mesmo tempo, preciso, exato e conciso. Essa justeza se desdobra tanto na forma como no conteúdo da novela, transparece no tratamento das ideias e dos personagens, mas também no caráter sintético da própria construção poética da narrativa.

A composição de O *cupom falso* levou muitos anos — de meados da década de 1880 até 1904 — e Tolstói considerava-a uma obra inacabada, razão por que sua primeira publicação só ocorreu em 1911, um ano após a morte do autor. Essa ruminação de mais de uma década pode ser considerada uma espécie de testamento literário e ideológico de Tolstói, obra em que o saldo de uma vida inteira de reflexões sobre atraso e modernidade, fé genuína e performance clerical, o juridicamente legal e o moralmente correto, conformação e rebeldia recebem uma potente formulação artística.

A princípio, esse verdadeiro enredo cinematográfico[1] parece uma crônica despretensiosa sobre as desventuras do ado-

---

[1] Vale mencionar que a novela O *cupom falso* serviu de base para o

lescente Mítia, que tenta se safar de suas traquinagens. Uma dívida de seis rublos leva o jovem a aceitar a sugestão de Mákhin, seu amigo, e falsificar um cupom de dois rublos e meio, de modo que este passe a valer doze rublos e meio. É então que a ação escala. E em ritmo vertiginoso. Essa fraude de baixo valor venal é a boneca menor de uma *matrióchka* às avessas, em que o pequeno dá origem ao grande.

Apesar de sua brevidade, a narrativa se desdobra em muitos subcapítulos, que contém uma quantidade abundante de personagens (chegam a somar mais de duas dezenas) — um verdadeiro "labirinto de entrelaçamentos".[2] Ao final da leitura, temos a impressão de ter desbravado muitos universos, um amplo arco temporal e biografias inteiras: o estofo e a grandiosidade do romance magistralmente empacotado na concisão e na precisão da novela.

O painel humano que se descortina é vasto, muito mais do que um painel estático, ainda que rico, diverso e bem construído. Aqui Tolstói se revela menos um artista plástico do que um aficionado do movimento e da ação. As descrições são minimalistas e certeiras. O autor não precisa de mais do que duas ou três linhas para delinear o tipo físico e psicológico das figuras representadas e os elementos mais relevantes de suas histórias pregressas. O que vemos é uma galeria de figuras humanas, de carne e osso, profundas e com motivações tangíveis.

último filme de Robert Bresson, *L'Argent*, de 1983. Por essa película, Bresson recebeu, junto com Andrei Tarkóvski, o prêmio de melhor diretor no Festival de Cannes. O filme não apenas se aproveita da qualidade cinematográfica da novela, como aprofunda o estilo telegráfico, com diálogos enxutos e imagens ao mesmo tempo expressivas e bastante contidas, sem jamais incorrer, mesmo nas cenas de violência, em excessos gráficos.

[2] Assim Tolstói se refere à literatura em carta a Nikolai Strákhov. Ver Boris Eikhenbaum, "Discurso sobre a crítica", *Revista Brasileira de Literatura Comparada*, v. 23, nº 42, 2021.

Tal painel é a linha de base que leva para o que realmente interessa: o desenvolvimento dos personagens, as ações que eles desempenham diante de nossos olhos e, sobretudo, o modo como essas ações encadeiam consequências e outras ações que impactam, de diversos modos — dos mais nefastos aos mais benéficos —, um amplo círculo de indivíduos, talvez o mundo todo.

O caráter cinematográfico de *O cupom falso* se revela, por exemplo, nas aberturas dos capítulos, muitos dos quais são iniciados com a expressão "E nesse meio-tempo" ou "Enquanto isso". Esse recurso linguístico, análogo a procedimentos de montagem cinematográfica,[3] permite que o autor se desloque no tempo, recupere fios narrativos e amarre-os de modo a evidenciar a amplitude da trama de acontecimentos que aquele ato inicial, a falsificação do cupom, gerou na vida dos inúmeros personagens. Vale notar que o juízo de Tolstói sobre a sétima arte, cujo nascimento ele testemunhou e recebeu com entusiasmo, teve um impacto direto sobre a sua visão do futuro da literatura. Em 1908, ele afirmou:

> "Isso me agrada. A mudança rápida de cenas, as transições dos estados de espírito, a cascata de vivências, isso é muito melhor do que o passo arrastado e monótono dos enredos [literários]. Se quiser, é mais próximo da vida. Também na vida as

---

[3] Sobre a proximidade entre a construção narrativa de *O cupom falso* e o roteiro, o teórico semioticista Iuri Lótman afirma: "Pegue *O cupom falso*, de Tolstói, e verá que se trata de um roteiro típico, de um roteiro cinematográfico. Toda psicologia literária é rechaçada; a psicologia existe, mas não está nos raciocínios tolstoianos, e sim na montagem dos episódios. De modo geral, é uma coisa impressionante. E parece que é precisamente por isso que não é possível fazer um filme a partir dessa novela" (Iuri Lótman, *Vospitánie duchi* [*A educação da alma*], São Petersburgo, Iskusstvo, 2005, p. 272). O veredicto final de Lótman, contudo, foi desafiado pelo gênio cinematográfico de Robert Bresson.

mudanças e transições faíscam e voam, as vivências da alma são como um turbilhão. O cinema decifrou o mistério do movimento. E isso é grandioso."[4]

Além dessa veia cinética, a novela se caracteriza por outras tendências verificadas na ficção tardia de Tolstói: a brevidade, o tensionamento dos limites entre os gêneros literários ocidentais e a influência dos contos populares. Para Boris Schnaiderman,

"É justamente no período mais intenso destas suas preocupações [morais], na maturidade e na velhice, que [Tolstói] atinge o máximo de perfeição num gênero que vinha praticando desde moço — a novela —, e que escreve alguns dos seus contos mais extraordinários. É como se o passar dos anos lhe desse maior capacidade de síntese, como se a reflexão se cristalizasse mais e se decantasse."[5]

Um gênero limítrofe por definição, a novela recebe ainda, na obra tardia de Tolstói, elementos da tradição popular. Nota-se, em especial, a influência da tradição apócrifa e da hagiografia (*jitié*, em russo), o que "explica o caráter conciso das descrições, a ausência de motivações psicológicas e sociais dos 'milagres', o caráter 'abstrato' das imagens", realizando uma "síntese espírito-corpo da vida humana".[6]

---

[4] Lev Tolstói citado em Issak Teneromo, "Tolstói o kinematografe" ["Tolstói sobre o cinema"], *Kino*, nº 2, 1922, p. 3.

[5] Boris Schnaiderman, "Tolstói: antiarte e rebeldia", in Lev Tolstói, *Khadji-Murát*, São Paulo, Editora 34, 2017, p. 199.

[6] Arkádi Evguênievitch Tarássov, "Póvest L. N. Tolstogo *Falchívi kupon*: jitíinaia literatura novogo vremeni" ["A novela *O cupom falso* de L. N. Tolstoi: a vida dos santos dos novos tempos"], *Problemi Istorítcheskoi Poetiki* [*Problemas da Poética Histórica*], nº 7, 2005, pp. 414-5.

O cupom falso é quase um inventário das grandes preocupações filosóficas, sociológicas e espirituais do autor, espécie de repositório temático da obra tolstoiana. Sob o tema da fé, a novela aborda a performatividade dos membros do clero, os quais não raro reconhecem no íntimo a fraqueza de suas convicções. Os sacerdotes se mostram muito distantes do sofrimento do povo, suas preocupações são debatidas em reuniões regadas a chá e iguarias, e eles são invariavelmente afetados pelo prestígio social e por uma suposta superioridade moral em relação aos niilistas e ateístas de seu tempo. A Igreja como um dos braços de manutenção do *status quo* e a venalização da fé também são temas presentes.

Outro núcleo temático decisivo para a novela é a questão da injustiça social produzida por uma sociedade de classes altamente estratificada, de modo que uma casta nobre resta praticamente blindada e impune a qualquer transgressão, da traquinice juvenil ao falso testemunho diante de um júri — para Tolstói, esses gestos não estão muito distantes um do outro.

Se, por um lado, as classes elevadas contam com todo o aparato policial e estatal a seu favor, e assim se mantêm plácidas e impunes como as verdadeiras beneficiárias da ordem social vigente, por outro, o espírito de rebeldia contra essa mesma ordem desponta com força avassaladora. A indignação contra a vida institucionalizada e regida pelas leis de uma sociedade corrompida e profundamente injusta é encarnada de diferentes modos na novela, passando da revolta política à conversão religiosa.

Não raro as reações à injustiça se expressam em atos violentos: a vida desregrada e criminosa de Ivan Mirónov, após ser punido como o elo mais frágil no caso do cupom; a série de assassinatos e latrocínios cometidos por Stepan Pelaguêiuchkin, após ter seus cavalos roubados por Mirónov; o pisoteamento de Piotr Sventítski pela turba de camponeses raivosos... São muitas as transgressões, contravenções e crimes cometidos ao longo da narrativa, todos de alguma forma relacionados ao "pecado original" de Mítia. Há ainda outra forma de resistência representada na novela, a via da revolução social e da conscientização política, encarnada por Tiúrin e Turtchanínova; eventualmente, esta também ultrapassa os limites do debate de ideias e degenera para a ação violenta.

No entanto, o tipo crucial de rebeldia presente em *O cupom falso*, aquele que é responsável pela reviravolta da narrativa, é a não resistência ao mal. Elemento fundamental da cosmovisão tolstoiana, que se tornaria inspiração de movimentos pacifistas mundo afora,[7] a não resistência aparece na novela como catalisadora de mudanças profundas, emergindo como a mais indecifrável e efetiva forma de enfrentamento à violência e à injustiça. A passividade de Maria Semiônovna diante de seu frio assassino é um gesto que espelha de forma invertida o ato da falsificação; ele também suscita uma reação em cadeia e é o único a produzir uma contraposição real, com potencial de fazer a rede de atrocidades se desbaratar. É ele que marca o antes e o depois, dividindo a narrativa em duas partes. Nas palavras de Tolstói:

> "A não resistência ao mal é importante não só porque a pessoa deve agir assim para o seu próprio bem, para alcançar a perfeição do amor, mas também porque apenas a não resistência cessa o mal; absorvendo-o em si, ela o neutraliza, não permite que ele siga adiante como ele inevitavelmente segui-

---

[7] As ideias de Tolstói influenciaram, por exemplo, o movimento de independência da Índia, em especial por meio de seu líder Mahatma Gandhi, com quem Tolstói se correspondeu nos últimos anos de vida. Grupos sectários religiosos, como os *dukhobores* — cujos membros emigraram para o Canadá a partir de 1897 —, e até grupos anarcopacifistas foram fortemente afetados pela filosofia tolstoiana de não violência.

ria, da mesma forma que o movimento em um pêndulo de Newton não cessa, a menos que haja uma força que o absorva. O cristianismo ativo não consiste em fazer, em criar o cristianismo, mas em absorver o mal."[8]

A reação de Maria Semiônovna diante de seu iminente e brutal assassinato se resume às palavras: "Oh, grande pecado. O que é isso? Tenha piedade de si. A alma é do outro, mas a perdição é sua... Oh!". Assim como seu ato virtuoso espelha (inversamente) o ato vil da falsificação, tais palavras refletem o ato criminoso, rebatendo-o de volta ao perpetrador. Ao absorvê-lo, a não resistência revela a verdadeira natureza do mal: atentar contra um ser humano é o mesmo que atentar contra toda a humanidade e, por conseguinte, contra si próprio. Assim, no cerne da postura de não resistência ao mal há como que uma ponta de desmascaramento, que aqui assume ares de profecia.

É justamente esse aspecto do desmascaramento que sustenta a postura do narrador (ou do autor implícito). Este é atravessado por um ímpeto de pôr tudo às claras, esmiuçar até o fim e em toda a sua complexidade os caracteres, gestos e atitudes. O espírito denunciativo tem em seu horizonte uma busca pela verdade e, por conseguinte, uma luta ferrenha contra a *falsidade*. Daí decorre a escolha por verter o título da novela como *O cupom falso* e não "falsificado" ou "forjado". O falso em si mesmo, em oposição ao que é verdadeiro, se impõe ao gesto de falsificar e o ultrapassa — é ele que se alastra e se perpetua; ele é o mal que permanece em movimento à semelhança de um pêndulo de Newton.

---

[8] Tolstói citado em Arkádi Evguênievitch Tarássov, *op. cit.*, p. 408.

SOBRE O AUTOR

Lev Nikoláievitch Tolstói nasce em 1828 na Rússia, em Iásnaia Poliana, propriedade rural de seus pais, o conde Nikolai Tolstói e a princesa Mária Volkônskaia. Com a morte da mãe em 1830, e do pai, em 1837, Lev Nikoláievitch e seus irmãos são criados por uma tia, Tatiana Iergolskaia. Em 1845, Tolstói ingressa na Universidade de Kazan para estudar Línguas Orientais, mas abandona o curso e transfere-se para Moscou, onde se envolve com o jogo e com as mulheres. Em 1849, presta exames de Direito em São Petersburgo, mas, continuando sua vida de dissipação, acaba por se endividar gravemente e empenha a propriedade herdada de sua família.

Em 1851 alista-se no exército russo, servindo no Cáucaso, e começa a sua carreira de escritor. Publica os livros de ficção *Infância*, *Adolescência* e *Juventude* nos anos de 1852, 1854 e 1857, respectivamente. Como oficial, participa em 1855 da batalha de Sebastópol, na Crimeia, onde a Rússia é derrotada, experiência registrada nos *Contos de Sebastópol*, publicados entre 1855 e 1856. De volta à Iásnaia Poliana, procura libertar seus servos, sem sucesso. Em 1859 publica a novela *Felicidade conjugal*, mantém um relacionamento com Aksínia Bazikina, casada com um camponês local, e funda uma escola para os filhos dos servos de sua propriedade rural.

Em 1862 casa-se com Sófia Andréievna Behrs, então com dezessete anos, com quem teria treze filhos. *Os cossacos* é publicado em 1863, *Guerra e paz*, entre 1865 e 1869, e *Anna Kariênina*, entre 1875 e 1878, livros que trariam enorme reconhecimento ao autor. No auge do sucesso como escritor, Tolstói passa a ter recorrentes crises existenciais, processo que culmina na publicação de *Confissão*, em 1882, onde o autor renega sua obra literária e assume uma postura social-religiosa que se tornaria conhecida como "tolstoísmo". Mas, ao lado de panfletos como *Minha religião* (1884) e *O que é arte?* (1897), continua a produzir obras-primas literárias como *A morte de Ivan Ilitch* (1886), *A Sonata a Kreutzer* (1891) e *Khadji-Murát* (1905).

Espírito inquieto, foge de casa aos 82 anos de idade para se retirar em um mosteiro, mas falece a caminho, vítima de pneumonia, na estação ferroviária de Astápovo, em 1910.

SOBRE A TRADUTORA

Priscila Marques nasceu em São Paulo em 1982. É formada em Psicologia pela Universidade Presbiteriana Mackenzie. Mestre e doutora em Literatura e Cultura Russa pela Faculdade de Filosofia, Letras e Ciências Humanas da Universidade de São Paulo, é autora da dissertação de mestrado "Polifonia e emoções: um estudo sobre a subjetividade em *Crime e castigo*" e da tese de doutorado "O Vygótski incógnito: escritos sobre arte (1915-1926)". Traduziu, para a Editora 34, os contos "Mujique Marei", de Fiódor Dostoiévski, e "De quanta terra precisa um homem?", de Lev Tolstói, para a antologia *Clássicos do conto russo* (2015); a novela *Uma história desagradável*, de Dostoiévski (2016); e, para o volume *Contos reunidos*, de Dostoiévski (2017), os textos "O senhor Prokhártchin", "Romance em nove cartas", "Um coração fraco", "Uma árvore de Natal e um casamento", "A mulher de outro e o marido debaixo da cama", "O ladrão honrado", "Meia carta de 'uma certa pessoa'", "Pequenos quadros", "Pequenos quadros (durante uma viagem)", "Um menino na festa de natal de Cristo", "Mujique Marei", "A mulher de cem anos", "O paradoxalista", "Dois suicídios", "O veredicto", "Uma história da vida infantil", "Plano para uma novela de acusação da vida contemporânea" e "O tritão", além de "A mulher de outro", "O marido ciumento", "Histórias de um homem vivido" e "Domovoi". É também autora da organização, da tradução e das notas da coletânea *Liev S. Vigotsky: escritos sobre arte* (Mireveja, 2022).

Este livro foi composto em Sabon,
pela Franciosi & Malta, com CTP
e impressão da Edições Loyola em
papel Pólen Natural 80 g/m² da Cia.
Suzano de Papel e Celulose para a
Editora 34, em janeiro de 2024.